명항기 수필집

간격의 미

간
격
의

미

초판 발행 2019년 10월 21일
지은이 명향기
펴낸이 안창현 **펴낸곳** 코드미디어
북 디자인 Micky Ahn **교정 교열** 오재령

등록 2001년 3월 7일
등록번호 제 25100-2001-5호
주소 서울시 은평구 갈현로 318-1 1층
전화 02-6326-1402 **팩스** 02-388-1302
전자우편 codmedia@codmedia.com

ISBN 979-11-89690-16-8 03810

정가 12,000원

이 도서의 국립중앙도서관 출판예정도서목록(CIP)은 서지정보유통지원시스템 홈페이지
(http://seoji.nl.go.kr)와 국가자료종합목록 구축시스템(http://kolis-net.nl.go.kr)에서
이용하실 수 있습니다. (CIP제어번호 : CIP2019039896)

이 수필집은 용인시 문학창작지원금을 지원받아 출판되었습니다.

간격의 美

명 향 기 수 필 집

온 우주가 자연이 숨 쉬는 소리로 가득합니다.

그의 숨소리에 맞춰 미물도 때를 맞추며 살아가고 식물도 교감하며 자라는 것을 보았습니다. 풀 한 포기도 그냥 크는 것이 아니었습니다. 해와 달은 바톤을 넘긴 후에도 주변을 돌며 함께 자연을 보듬고 키워냅니다. 일몰의 아름다움이 아쉽도록 안타까울 때 달은 산봉우리를 오르며 새로운 감동으로 다가옵니다.

　자연과 교류하며 사는 달과 해처럼 나도 한 그루의 나무가 되어 자연이기를 소망했습니다. 해와 달이 온 우주를 사랑으로 비추듯 풍경이 되어 관심과 애정을 가지고 바라보기를 원했습니다. 그러나 누군가의 가슴에 행복을 피워내는 꽃 한 송이가 되려면 나 스스로가 아름다운 사람이 되어야 함을 깨달았습니다.

　지병으로 통증을 달고 살고 있지만 오히려 그것들로 하여 살아가는 의미를 느끼며 나를 일으켜 세웁니다. 시와 수필이 있어 감사함을 느낍니다. 언어가 닿는 곳마다 사랑으로 퍼져나가 행복으로 피어나기를 바랍니다. 힘든 가운데서도 글을 쓸 수 있도록 힘과 지팡이가 되어주신 하나님께 영광을 돌립니다.

　여기까지 오기까지 여러모로 도움을 주신 교수님과 선생님, 그리고 사랑으로 지켜봐 주신 문우들과 기도로 힘을 주신 교우들께 감사를 드립니다. 옆에서 아낌없는 응원을 해준 사랑하는 남편과 두 아들 그리고 예쁜 며느리 혜정이께 고마움을 전합니다. 아울러 기꺼이 나의 분신이 되어주는 언니께도 감사함을 전합니다.

2019년 10월

명향기

Contents

사람에게도 간격이 필요하다. 서로 적당한 간격을 유지하며 어우러져 살아갈 때 살아있다는 존재감과 함께 평안함이 유지된다.

-「간격의 미」 중에서

1부

들러
시나요

들리시나요

✳

귀가 번쩍 뜨였다. 유황 가스가 분출되고 있는 남미의 화산지역이 보이며 지구가 벌건 용암을 벌떡벌떡 쏟아내고 있었다. "살아 숨 쉬고 있는 지구의 심장 소리가 들리시나요?" 박민호 박사가 이끄는 〈알수록 신비한 남미 지질 이야기〉가 4부에 걸쳐 보여주는 e방송의 테마 프로그램이다. 저 아래서 솟아오르는 용암의 분출 소리는 정말 지구의 심장 소리 같았다.

해발 고도 4000미터가 넘는 고원에 있는 알티플라노 평원에는 우유니 사막을 비롯해 지금도 분화하는 활화산과 시시각각 색깔을 달리하는 호수들이 있다. 바람에 풍화된 산과 바위들, 호수를 둘러싸고 있는 설산들 사이로 환상적인 풍광이 보여 진다. 설산의 봉우리에서 화산이 터지면 용암이 흐르며 주변의 빙하를 녹이고 그 빙하가 모여 호수가 된다. 빙하가 녹으며 거센 물살이 지나간 자리엔 깊은 골이 파이게 되고 그곳에 또 다른 녹색의 생명이 자라게 된다. 이런 과정을 거치며 새로운 지형이

형성된다. 지구의 심장부 아래에서 뿜어져 나오는 용암의 분출 소리는 정말 살아있는 지구의 심장 소리였다.

드론을 통해 페루 남단 판타고니아 지대의 하늘에서 보여주는 빙하는 남북으로 쩍 갈라진 두터운 빙하의 골진 모습으로 보인다. 빙하 옆의 바다에는 엄청난 크기의 빙산과 크고 작은 빙하가 떠다니고 있었다. 그렇게 떨어져 나간 빙하가 녹으면 해수면이 높아짐과 동시에 해수의 온도가 올라가고 그 여파로 짧은 시간 동안에 산호가 석화로 변한다고 한다. 산호가 죽으면 서식처를 잃은 물고기들의 산란장소가 사라져버리고 크고 작은 물고기들의 수가 감소하여 해양생태계가 파괴된다고 한다. 화산 터지는 소리, 땅에서 뿜어져 나오는 분수 소리, 수증기 소리, 빙하가 떨어지는 소리 등 이 모든 소리는 분명 살아 움직이며 숨 쉬는 지구의 소리였다.

인간이 처음 듣는 소리는 엄마 뱃속에서 듣는 어머니의 심장 소리다. 태어나서도 아기는 엄마 품에 안겨 어머니의 심장 소리를 들으며 편안하고 평화로운 마음으로 자란다. 어머니의 심장 소리는 우리의 뇌에 깊이 각인되어 연어가 자기의 본향을 찾아가듯 우리의 안식처이며 고향의 소리이다. 자연의 심장 소리는 땅의 들숨, 날숨소리와 바람 소리, 물소리, 새소리 아울러 원주민의 피리 소리, 북소리 등일 것이다. 원주민들은 훼손되지 않은 자연 속에서 자연의 소리를 들으며 자연의 일부가 되어 살아왔다.

얼마 전, 전 세계인들의 휴양지로 사랑받는 카리브해의 섬들이 역대

최강급 허리케인 '어마'로 쑥대밭이 되었다. '어마'의 세력은 한반도 면적의 두 배인 플로리다주보다 넓고 강력했다. 플로리다주는 어마 북상에 4개 카운티 주민에게 대피령을 내렸고 68만 명 이상이 피난 길에 올랐다. 근래 들어 이러한 재해가 자주 발생하는 이유는 무엇일까. 지구의 신음소리를 무시한 채 자연을 너무 훼손한 대가가 아닐까.

평상시 우리는 심장의 박동 소리를 별로 느끼지 못하며 지낸다. 얼마 전 갑자기 가슴이 두근거리며 뒷골이 당기더니 심장 박동이 심하게 느껴졌다. 가까운 병원에 가 혈압을 재보니 180이 넘어있었다. "이게 웬일이람, 언제나 정상을 유지하던 혈압이 무슨 심통이 나서 이러는 게야." 투덜거리며 혈압약과 이뇨제를 들고 집에 왔다. 그때부터 혈압기를 사다 놓고 아침저녁으로 재는데 혈압기가 팔을 죄이면, 맥박이 팔딱팔딱 뛰는 것이 읽힌다. 그제야 심장 소리를 느끼지 못할 때가 행복한 때라는 걸 깨닫는다.

어머니의 심장 소리를 들으며 잠이 들던 때가 그리워진다. 새들의 머릿속에는 자석이 들어있어 자장을 좇아가기에 바다 건너 멀리서도 자기의 고향을 찾아갈 수 있다고 한다. 나이가 들면 어렸을 때 뛰어놀던 고향으로 돌아가고픈 회귀본능이 꿈틀대는 것도 그런 원리이리라. 어머니의 심장 소리를 좇아가듯 지구도 태고의 자연으로 돌아가야 하지 않을까. "살아있는 지구의 심장 소리가 들리시나요?" 박민호 박사의 소리가 삶의 현장 여기저기서 들려온다.

간격의 미

꽃에도 간격이 있다. 틈 없이 꽃과 꽃이 맞닿으며 하나로 보일 때 꽃의 아름다움은 극에 달한다. 나무에서 피는 봄꽃들은 대부분 수억만 송이가 한꺼번에 활짝 피어 아름답기 그지없다. 하나하나를 보면 작고 연약한 꽃들이지만 꽃잎과 꽃잎이 서로를 당기며 한 송이 꽃을 이루고 꽃잎과 꽃잎이 포개지며 서로를 기댈 때 더 화려하고 생기 있게 보인다. 이렇게 작은 꽃들은 무더기로 한꺼번에 만개하는 지혜를 발함으로써 자기의 매력을 최대한으로 발산한다. 그 속에서 회백색이나 자색을 지니고 커다란 꽃송이를 달고 있는 목련은 높은 나뭇가지에서 또 다른 간격을 유지하며 나름의 아름다움을 내비친다.

벚나무 아래에 서 보았다. 뿌리가 깊어 수많은 가지에 매단 꽃들이 틈 없이 총총히 무리 지어 보여도 가까이서 들여다보면 거기에는 적당한 간격을 유지하며 서로를 침범하지 않으려는 노력이 숨어있다. 틈 없이 송이가 포개어져 있다면 오래지 않아 서로 닿아있는 부분이 짓무르기 시작할 것이다. 바람이 통하지 않으니 상하는 것은 당연한 일이다. 서로의 일조권을 방해하지 않으려는 마음 사이사이로 바람이 들락거리고 벌들이 날아다닌다.

포개어지면 상한다는 것은 꽃에게만 적용되는 말이 아니다. 사람에게도 간격이 필요하다. 서로 적당한 간격을 유지하며 어우러져 살아갈 때 살아있다는 존재감과 함께 평안함이 유지된다. 오래도록 좋은 관계를 유지하는 짝들을 보면 밀착된 가운데서도 상대를 침범하지 않으려는 노력이 숨어있음을 본다. 이런 노력이 없는 관계에서는 살면서 변수가 끼어들면 쉽게 오해가 생기고 틈이 벌어지는 경우를 종종 본다. 소통할 수 있을 때 사랑도 유지되는 것이다.

내 곁에 있는 사람은, 부부는 일심동체이므로 무슨 일을 하든 함께 행동해야 한다는 생각을 하는 사람이었다. 어디든 함께 다녔고 TV에서 영화를 보아도 혼자 보는 일은 거의 없었다. 좋아하는 드라마도 내가 없으면 보지 않았고 퇴근하여 집에 돌아올 때 아내는 늘 집에 있어야 했다. 맞벌이할 때도 밀린 집안일을 하느라 저녁 시간의 여유를 함께하지 못하면 이해는 하면서도 힘들어했다. 우리에게는 늘 잉꼬부부라는 별명이 따라다녔다.

잉꼬부부라고 해서 생각하는 것과 취미가 똑같을 수는 없다. 같은 사물을 바라보아도 보는 관점에 따라 받아들이는 생각은 다를 수 있다. 그러기에 나는 '부부는 일심동체'란 말이 어폐가 있다고 생각한다. 부부가 곧 동체(同體)는 아니지 않은가. 류시화 시인이 「들풀」에서 '함께 있으되 홀로 존재하라'라고 노래했듯이 함께 있지만 홀로 존재하고 싶을 때가 많았다. 아이들을 분가시키고 둘만 남게 되자 오히려 정신적인 피곤함이 더 몰려왔다. 이것저것 잘 챙겨주는 좋은 남편이지만 홀로 생각하고 싶었고 홀로 여유를 부리고 싶었다. 마음속에 출렁이고 있는 언어를 마구 토해내고 싶었다.

어느 날부턴가 남편에게서 벗어나고자 반란을 시작했다. 아침부터 집에서 나와 여기저기 거닐기도 하고 카페에 앉아 늦도록 커피를 마시며 책을 읽고 긁적거렸다. 혼자서 지내는 훈련이 시작된 것이다. 참 많은 시간이 필요했고 힘든 시간을 잘 이겨냈다. 밀착된 삶에서 반쪽을 놓아주는 변화를 겪기까지 아마도 남편은 나보다 더 허전함과 아픔을 겪었을 것이다. 이런 과정을 거치면서 남편은 이제야 내가 진정 좋아하는 것이 무엇인지 알게 되었고, 지금은 나를 편하게 놓아주며 적극 지지해 주는 사람이 되었다. 내 인생의 터닝 포인트가 된 것이다. 이제 나는 문우들과 며칠씩 문학기행도 다니고 내 속에서 울렁이는 언어를 받아 적으며 행복한 시간을 보낸다. 부부 사이에도 적당한 간격이 필요한 것이다.

사람에게 적당한 간격이 필요하듯 꽃에게도 포개지지도, 성글지도 않은 적당한 간격이 필요하다. 어젯밤부터 갑자기 기온이 내려가며 강풍이 몰아쳤다. 밤새 내리는 비로 벚꽃이 떨어져 지나는 발밑에서 하얀 점을 박고 있다. 우수수 떨어지는 꽃잎으로 나뭇가지의 엉성함이 드러난다. 휑하니 꽃잎이 떨어지자 하루 사이에 눈부신 화려함이 사라지고 비 맞은 꽃들이 애잔하다. 꽃도 사람도 적당한 간격을 유지할 때 비로소 더 아름다워지는가 보다.

결에 대하여

✳

　'결'을 사전에서 찾아보면 '나무나 돌, 살갗 등에서 조직의 굳고 무른 부분이 모여 일정하게 켜를 지으면서 파인 바탕의 상태나 무늬'라고 쓰여 있다. 그렇다면 나무의 나이테도 결이 될 수 있고 우리들의 주름도 결이라 할 수 있을 것이다. 우리 고유의 말 중에는 참으로 많은 결들이 있다. 나뭇결, 물결, 살결, 머릿결, 눈결, 마음결 등등. 모두가 참 따뜻한 느낌을 주는 말들이다. 결이란 오랫동안 일정하게 한 방향으로 지나는 동안 쌓여서 생기는 것이지 결코 하루아침에 생겨나는 것은 아니라고 본다.

　내가 지금까지 살아오는 동안 만들어가고 있는 내 삶의 결은 어떤 모양일까. 삶의 모양을 따라 만들어졌고 지금도 만들어가고 있는 나의 결이 갑자기 들여다보고 싶어졌다. 살아온 세월을 둘러보니 따뜻한 결을 가질 만한 세월보다는 거칠고 투박한 세월이 더 많았다. 내면을 가꾸기보다는 사는 데 급급하여 나를 잊고 사는 날의 연속이었다. 기복도 많았고 어렵고 힘든 일도 많았으나 신을 믿는 사람으로 그분으로부터 위로받으며 소망을 두고 살았다. 누구에게나 견딜 수 있는 만큼의 시련을 주신다는 그의 약속을 믿음으로 주어진 대로 순응하며 살았기에 결이 그리 밉지 않으리라 자위해 본다.

지나고 보니 견딜만한 궁핍이었고 어려움이었다. 남들보다 더디고 느린 걸음이었지만 느리게 걸었기에 주변을 둘러보며 다른 사람들도 별다르지 않은 삶을 살고 있음을 알 수 있었다. 이해의 폭도 넓힐 수 있었고 울림을 소유한 옹졸하지 않은 마음을 지닐 수 있게 되었다. 여유롭고 풍족한 삶을 살았다면 미끈하고 고운 결을 소유할지는 몰라도 울퉁불퉁 깊이가 있는 결은 만들지 못했을 것이다.

일정하게 한 방향으로 지나는 동안 쌓여서 생기는 것이 결이라면 흐름에 역행하지 않고 살아간다면 따뜻함과 부드러움이 우러나는 결을 가질 수 있지 않을까. 음식을 할 때도 결을 따라 썰고 찢어줄 때 더 맛깔스럽고 먹음직하게 되는 것이고 보석을 갈 때도 결을 따라 갈아줘야 빛이 난다고 한다. 모든 만물이 결을 따라 다루어 줄 때 아름답기도 하고 향기도 나서 가지고 있는 본래의 빛을 잘 나타낼 수 있다. 결을 거스르다 보면 종이 한 장에도 손을 다치게 되고 순하고 고운 모습은 우러나지 않을 것이며 오히려 주름만 늘어날 것이다.

오래전 텔레비전을 보다가 나이 지긋한 여자 어르신이 나오는 모습을 보았는데 그분을 보는 순간 어찌나 평안하고 인자한 인품이 풍기던지 나이 든 모습이 아름답기까지 했다. 틀림없이 고운 마음결과 눈결을 가진 분일게다. 그러고 보면 비단결, 숨결, 꿈결 등 우리의 말 중엔 정말 많은 모습을 결로 표현하고 있다. 그리고 그것들은 모두가 따뜻한 느낌으로 다가온다.

나이가 들면 자기 얼굴에 책임을 져야 한다는데 나로부터 우러나오는 결의 모습이 순하고 푸근했으면 좋겠다. 생각하고 행동할 때마다 고운 눈으로 좋은 마음으로 살아가다 보면 마음결이 고운 사람, 눈결이 고운 사람이 될 수 있지 않을까. 길을 가다 들꽃 한 송이를 보고도 기뻐하고 빗소리만 듣고도 마음이 촉촉해진다면 생활이 더 풍요로워지고 아름다워지리라. 결이 고운 사람, 진정 그런 사람이 되고 싶다.

나만의 작은 섬

- 이태리에서 돌아오는 비행기 안에서

　　지구에 떠 있는 하나의 섬이 되었습니다. 뭍을 떠나 표류하는 마음이 모여 하나의 섬이 되었습니다. 마음을 떠난 마음이 바다 위를 표류하다 마모되고 연마되며 따뜻한 모래를 머금고 반짝이는 포근한 섬이 되었습니다. 그리움을 찾아 날고 있는 바닷새의 안식처가 되었습니다.

　가슴을 떠난 마음이, 상처받고 찢긴 마음들의 안식처를 찾아 긴 항해를 하며 표류하다 한곳에 모여 햇빛을 받아 반짝이는 그리움이 되었습니다. 섬은 서로 붙어있을 때 더 이상의 섬이 아니듯이 내 마음의 섬은 더 이상의 다른 섬을 허용치 않습니다. 철저히 독립된 개체로 소박한 행복이 넘치는 나만의 섬이 되었습니다.

　뭍에서 멀어진 만큼의 평화가 찾아옵니다. 바닷물이 섬에 부딪쳐 물보라를 일으키며 갈라지고, 갈라진 틈새에서 파도의 웃음소리가 들립니다. 웃음소리에 떠밀려 나도 모르게 흥얼거리며 바닷가를 걸어봅니다.

　바닷새가 머리 위에서 눈웃음을 던지고 넘어가는 석양빛을 받으며 잠

들었던 별들이 깨어납니다. 잔잔한 파도가 피아니시모로 소곤거릴 때 물결 위에서 반사되는 빛의 조각들이 너울거립니다. 얼굴 위로 바짝 내려온 별들이 내 마음을 노크합니다.

나는 지금 하나의 작은 섬이 되어 물결 따라 흘러갑니다. 하나의 섬이 되어 나의 내면을 드러내어 놓고 발가벗은 나를 들여다봅니다. 아직도 벗지 못한 지난 세월의 상처를 자꾸만 되삭이며 파도처럼 자주 꿈틀거립니다. 멍든 상처를 소금기 어린 바닷물에 적셔 우려냅니다. 발가벗은 하얀 내가 되어봅니다. 아직도 미련이 많은 모양입니다. 아직도 비우지 못했나 봅니다. 그럴 때마다 작은 섬은 조금씩 출렁이며 나의 미련을 깨웁니다.

그리움을 가득 안은 바닷새가 나의 가슴으로 들어와 그의 따뜻한 체온으로 나를 녹입니다. 나의 미련이 부끄럽습니다. 주님께 나의 옹졸함을 고백합니다. 내려다보는 주의 얼굴이 안쓰러운 듯 바라봅니다.

나는 오늘 지구를 떠다니는 하나의 섬이 되었습니다. 따뜻한 모래를 머금은 반짝이는 포근한 섬이 되었습니다. 가벼워진 나의 마음을 싣고 바닷새의 안식처가 되어 함께 노래 부릅니다.

섬에서 바라보는 뭍의 그림자는 모두가 그리움입니다. 그리움 속 무늬는 언제나 아름답습니다. 섬에서는 뭍에서 멀어진 만큼의 소박한 행복으로 나만의 나가 될 수 있습니다. 긴 항해 뒤의 포근한 안식을 파도를 벗 삼아 누려보려 합니다.

나는 오늘 바닷새가 쉬어가는 포근한 섬이 되었습니다. 미련과 상처를 씻어내고 그리움만을 안은 평화로운 섬이 되었습니다. 행복한 나날을 반짝이는 모래와 함께 노래할 것입니다. 나는 오늘 깨어나고 싶지 않은 나만의 작은 섬이 되었습니다.

귀뚜라미의 추억

　　과수원 하던 시집이 거리로 나앉게 되어 결혼 일 년 만에 시집 식구 모두를 껴안고 함께 살게 되었다. 맞벌이를 하였지만 때만 되면 어김없이 날아오는 동생들의 등록금 고지서와 거의 매달 있는 제사는 우리 둘의 월급만으로는 턱없이 모자랐다. 처음부터 둘의 월급봉투를 고스란히 어머님께 다 내어놓은 것이 잘못이었다. 어머님께 경제권을 다 맡겼는데도 이사 갈 때마다 외상값 받으러 오는 가게가 한둘이 아니었다. 수입에 맞춰 살아야 한다는 기본 개념도 없는 분이셔서 등록금이나 경조사 등 목돈이 들어가는 것은 안중에 없으셨다. 그때마다 손을 내밀며 없으면 친구께 빌려오라 하셨다. 이로 인해 나는 결혼 초부터 빚쟁이가 되었고 젊음도 함께 사라졌다.

　　둘째를 낳을 무렵 자식도 내 손으로 키우지 못하면서 나날이 빚을 키우며 직장에 다니는 것이 옳지 않다는 생각이 들었다. 무작정 직장에 사표를 던졌다. 그런데 둘째가 네 살이 될 무렵 남편도 갑자기 실직자가 되었다. 10월 26일 사건이 나면서 공기업인데도 사장이 김재규와 인척이라는 이유로 과장급 이상을 모두 밖으로 내몬 것이다. 한꺼번에 간부들을 내쫓는 것도 모자라 내몰린 사람들을 규제 대상으로 묶어놓아 다른 회사에 갈 수도 없게 만들었다. 애들은 커 가는데 수입은 없고 막막했다. 그렇게 힘든 상태에도 어머님은 당신의 곗돈과 용돈을 매달 꼬박꼬박 챙기셨다. 돈이 되는 일은 닥치는 대로 하며 살았다. 지칠 대로 지쳐갈 무렵 전두환 정권이 물러나고 10년 동안의 규제가 풀려 남편이 다시 회사에 다니게 되었다.

큰아들이 고2, 작은아들이 중2 때의 일이다. 어느 날 형제를 나란히 앉혀놓고 그동안의 형편을 얘기하며 힘들어도 몇 년 동안만 어려움을 함께하자고 했다. 아이들은 뜻밖에 내색도 없이 혼자 힘들었을 엄마를 생각하며 미안해하며 그러마 했다. 힘들어도 빚은 없어야겠다는 생각으로 송파에 살던 아파트를 덜컥 팔아 빚잔치하고 반지하 단칸방으로 이사했다. 그때까지도 각자 자기 방에서 힘든 줄 모르며 살던 두 아들을 반지하 단칸방으로 몰아넣은 것이다.

당시 남편은 모기업의 중역으로 있었는데 충북 음성에 새로운 공장을 짓느라 주중에는 그곳에 있다가 주말에만 올라왔다. 그렇기에 아이들과 나의 반지하셋방살이가 가능한 것이었다. 그런데 단칸방으로 인한 최소한의 가구와 무방비로 노출된 생활의 어려움은 예상했던 것보다 훨씬 컸다. 자존심을 지켜줘야 하는 예민한 나이에 자기를 다 노출해야 하는 생활은 생각했던 것보다 파장이 커 아이들뿐 아니라 나에게도 견디기 힘든 나날이었다. 빚지고 사는 것이 싫다고 내가 저지른 일이지만 후회해봤자 이미 엎질러진 물이었다.

그리고 낮에도 불을 켜야 하는 반지하생활이란! 주인집 마당 쪽으로 하나밖에 없는 창문이 조그맣게 달려있고 유일하게 그곳으로만 옹색한 빛이 찔끔 들어왔다. 날씨라도 침침한 날엔 종일 불을 켜야만 했다. 대문 쪽으론 1층이지만 주인집 쪽으로는 지하인 구조로 바닥으로는 찬기가 올라오고 천장으로는 습기가 차서 눅눅한 곰팡이가 여기저기 생겨났다. 벽을 따라 어둠의 부피만큼 커지는 곰팡이는 마음에도 파고들어 나를 더욱 우울하게 했다. 살아간다는 것이 이렇게나 생소하고 어려운 일인가를 뼈저리게 느끼게 했다.

두 아들은 그런 가운데서도 겉으로는 잘 이겨나가는 것처럼 내색을 안 했지만, 그것을 보는 내가 더 힘들었다. 울기는 쉬우나 살아내기는 더 어려웠다. 아이들을 등교시키고 혼자가 되면, 내가 왜 이렇게 되었나 싶고 허전하고 우울한 마음이 들어 친구들과도 연락을 끊었다. 그때 나는 귀뚜라미가 예전에 생각하던 그런 낭만적인 곤충이 아니란 걸 처음 알았다. 귀뚜라미는 문지방 하나만으로 경계가 그어지는 우리의 보금자리로, 시도 때도 없이 들어와서는 자기 집인 양 통통 튀며 돌아다녔다. 밖에서 귀뚤귀뚤 울던 낭만의 귀뚜라미가 이젠 무서운 공포의 대상이 된 것이다.

우울증이 스멀스멀 나를 갉아먹기 시작할 즈음, 창창한 아이들의 앞날을 생각하니 정신이 번쩍 들었다. 그때부터 남편이 놓고 간 헌차를 몰고 다니며 당시 유행하던 소위 고액과외라는 것을 하기 시작했다. 입에서 입으로 소문이 나 초등학생부터 중3 그룹 지도까지, 송파와 대치동을 차를 몰고 다녔다. 집에 오면 밤 10시가 되기 일쑤였지만 수입은 꽤 괜찮았다.

비만 오면 문밖 하수구가 역류하여 집으로 들어올까 염려되고 빨래 말리는 것도 몇 집이 같은 공간을 썼는데 우습게도 나는, 그런 사람 냄새나는 생활에 차츰 묘한 재미를 느끼기 시작했다. 시간이 갈수록 한 지붕 아래 세 집은 스스럼없이 가까워졌다. 그들은 가진 건 없지만 돈을 모아 곧 아파트로 이사 간다는 희망을 품고 해맑게 사는 사람들이었다. 작은 것도 나눠 먹고 서로의 아픔도 함께하는, 옛날 우리 어머니들이 살던 그런 사람 냄새나는 생활이 진정 잘 살고 있는 듯 보였다. 아파트에서는 좀처럼 보기 드문 모습이었다. 아이들도 학원 한 번 안 가면서도 장학금을 타서 학비를 면제받았고 주말에만 오는 남편도 묵묵히 힘을 합쳤다. 다행히 주택청약을 들며 신청했던 아파트가 당첨되어 얼마 지나지 않아 새 아파트로 이사를 했지만, 그때의 그 어두컴컴하고 곰팡내 나는 지하 방에서의 생활은 우리 식구 모두에게 훗날 돈을 주고도 사지 못할 귀한 자양분이 되었다.

결혼과 함께 꿈은 사라지고 생활고로 시달렸지만 최선의 주님은 공평하신 분이셨다. 모든 걸 잃었을 때 예전보다 더욱 사랑하는 마음을 주셨고 어떠한 역경도 헤쳐나갈 수 있는 인내심과 자신감을, 그리고 남을 배려하면서 살아가는 법을 알게 해 주셨다. 생각의 폭을 넓혀주셨고 겸

손한 자세로 살아갈 수 있는 지혜를 주셨다. 그동안 힘들다고는 하였지만 얼마나 좁은 안목으로 살았는가를 돌아보게 되었다. 찬 바람이 불고 귀뚜라미 소리가 들릴 때면 그때의 삶을 되돌아보며 지금의 삶에 감사한다.

나무는 매일 꿈꾸라 한다

＊

　　시골에 내려온 첫해에 집 옆의 잔디 위에 제법 허리가 굵은 느티나무 한 그루를 심었다. 가지도 돋고 잎이 무성해지기를 기다렸지만 봄이 다 가도록 그런 기색은 보이지 않고 점점 시들해지는 것이 아닌가. 정원사에 문의하니 죽지 않았을지도 모른다며 한 팔 정도의 거리에 새로운 느티나무를 심어주고는 몸통만 남기고 몽땅 잘라놓고 갔다. 새로 심은 나무에서 가지가 생기고 잎도 무성해지기 두 해쯤, 죽었다 생각했던 나무에서 움이 트기 시작했다. 그동안 절망하기보다는 잘린 생명의 깊이만큼 더 깊이 뿌리를 박으며 솟아오를 꿈을 꾸고 있었나 보다.

　　텃밭 옆 경사진 곳에 울타리를 빙 둘러 개나리 묘목도 심었는데 봄이면 울타리를 노랗게 물들이며 나를 유년 시절의 아이로 되돌리곤 했다. 그런데 개나리가 점점 영역을 넓혀 아래로 내려가더니 다른 나무를 침범하기 시작했다. 이러다 자두와 살구나무도 죽이겠다 싶어 아쉽지만 몽땅 뽑아버리기로 했다. 개나리를 울타리 안에 심는다는 것 자체가 무지렁이 짓거리였음을 나중에야 깨달았다. 심을 때는 조그만 묘목이라 어렵지 않았지만 그동안 밑으로 뻗은 뿌리는 상상을 초월했다. 다 뽑아 내었다고 생각하면 조금 남은 잔뿌리에서 또 움이 솟아나곤 했다.

느티나무와 개나리를 보면서 '나무는 절망을 모르는구나.'라는 생각을 했다. 팔다리를 다 잘라내고 뿌리마저 뽑아도 조그만 희망만 보이면 있는 힘껏 새 생명을 밀어 올린다. 시련이 많을수록 더 깊이 뿌리박으며 힘을 키우는 것이다. 가로수로 심겨진 플라타너스는 해마다 너무하다 싶을 만큼 냉혹하게 가지치기를 당한다. 그뿐인가. 온갖 광고물에 의해 끈을 묶기도 하고 철사를 칭칭 감아대기도 한다. 그렇게 몸통을 괴롭히고 가지를 쳐댈수록 울퉁불퉁 옹이를 내면서도 음지에서는 촉수를 넓혀가며 뿌리를 더 깊이 박는다. 응축된 힘이 실낱같은 희망에 집중하면서 맹렬히 달려들어 새로운 생명을 틔운다.

나무를 보면 우리 어머니들이 생각난다. 어머니는 자신을 돌보기는커녕 거의 벌거숭이가 되어서도 자식들만은 꿋꿋하게 키워내지 않았던가. 순리에 순응하며 착하기만 하던 어머니지만 어쩌다 자식을 건드리는 일이 생기면 물불 가리지 않고 달려드는 힘이 있었다. 몸통을 괴롭히고 가지를 잘라내도 끈질긴 힘으로 생명을 틔우는 나무처럼 거친 옹이가 생길지라도 초월된 힘으로 자식의 앞날을 밀어 올린다.

겉으로 보기에는 조용히 서 있는 것처럼 보이지만 안으로는 치열한 생을 살아가고 있다. 뿌리와 몸통을 드나들며 수분과 양분을 나르며 서로 분주히 소통하고 있다. 소통의 힘이 잎을 매달고 꽃을 피운다. 소통이 없으면 나무도 인간도 살아갈 수 없음이다. 우리는 세상과 나 사이를 소통하면서 앞으로 나아간다. 관계를 잃어버린 삶이란 인간뿐 아니라 자연에서도 존재할 수 없기 때문이다.

힘차게 뻗어 나가다가도 물러설 때가 되면 스스로 넘어져 어린 나무에게 햇빛을 내어주는 지혜도 가지고 있다. 그렇기에 죽어서도 향을 풍길 수 있는 것이 아닐까. 죽어서도 향을 피울 수 있는 생이라면 얼마나 좋을까. 얼마 전 타계하신 LG그룹 구본무 회장의 장례식은 그렇기에 모두에게 잔잔한 파문을 일으키며 감동을 주었다.

나무는 나에게 매일 꿈꾸라 한다. 끊임없이 나를 부추겨 살아있는 생명이 되라 한다. 어려움이 닥치면 옹이를 만들지언정 절망하지 말고 뿌리를 더 깊이 박아 솟아오르라 한다. 서로 소통하며 다른 생명의 먹거리와 그늘이 되어 아름다움을 추구하라고 한다. 어느새 아름드리 둥치가 된 두 그루의 느티나무는 그늘에 앉아 쉬고 있는 나에게 소소하니 잔소리를 늘어놓는다. 썩어 베어지는 나무가 되지 말고 죽어서도 향을 풍기는 나무가 되라고 나뭇잎을 팔랑거리며 소곤거린다.

낙엽의 정취

❋

　　바람 따라 날아오르는 오색의 파편들이 아직도 어제의 미련을 버리지 못하고 허공을 돌다 떨어져 내린다. 가지 끝에 매달렸던 무뚝뚝한 잎들은 놀 줄도 모르고 바로 미끄러지고 파란 하늘을 배경으로 붉은 결실을 매단 감나무는 해를 품은 주황색으로 나를 황홀케 한다.

　그들은 낙엽이라 말하기 송구스러울 정도로 화려하다. 그곳에 흰 광목을 포개면 어떤 무늬가 나올까, 염색공의 마음이 되어 본다. 단풍나무 아래에는 발갛게 익은 낙엽이 벌건 손을 벌리고 앉아 너른 품을 가진 엄마처럼 갓 떨어지는 그들을 다독이며 품어준다. 금방 떨어진 젊은 낙엽은 먼저 온 녀석들 위에서 푹신함을 즐기며 뒹굴고 잎맥만 남아 가벼워진 낙엽은 무게에 눌려 땅에 젖은 채 누워있다.

　바람이 불 때마다 바람의 숨소리만큼이나 낙엽들의 무희도 길어졌다 짧아졌다 한다. 숨이 가쁜 바람을 만나면 가쁜 숨을 몰아쉬며 조금 날다 떨어지고 폐활량이 큰 바람을 만나면 가슴을 맘껏 펴고 높은 곳으로 날아오르다 먼 곳에 떨어진다. 방금 떨어진 낙엽 위에 비가 내리면 그들의 표정은 더 밝아진다. 물방울의 감촉을 잊을 수 없어 방울이 마를 때까지 환하게 웃음 짓다가 조금씩 조금씩 몸을 낮춘다.

가을의 끝에 서면 가벼워진 낙엽들의 소곤거림이 서서히 시작된다. 걷는 이의 리듬에 따라 바스락거리기도 하고 바람 따라 무등을 타며 깔깔거리기도 한다. 비 오는 날 그들을 보노라면 언젠가는 스러져갈 생의 나그넷길을 보는 것 같아 가슴이 먹먹해진다. 나는 울긋불긋 단풍 든 가을보다 낙엽이 지는 늦가을을 더 좋아한다. 추수를 끝낸 황량한 들판 위에 우두커니 세워져 있는 짚단과 낟가리들. 낙엽이 쌓이는 늦은 가을 앞에 서면 내 마음도 그들만큼이나 썰렁한 외톨이가 된다. 쓸쓸한 빈 마음으로 빛바랜 낙엽을 밟으며 바스락거리는 그들의 소리를 듣는다.

가장 먼저 낙엽이 지는 늘푸른나무가 소나무란 것도 시골에 내려와 처음 알았다. 처음에는 누런 잎을 달고 있는 솔가지를 보며 소나무에 병이 생긴 줄 알았다. 우리 피부가 그런 것처럼 오래된 솔잎은 낙엽이 되어 떨어지고 새로운 잎이 생겨난다. 가장 먼저 누렇게 마른 잎을 바람 불때마다 조금씩 떨어낸다. 소나무의 낙엽은 아무도 좋아하지 않지만 불을 지필 때 밑불로는 그만일 뿐 아니라 태울 때 솔잎처럼 은은한 향을 내는 낙엽도 없다.

늦가을이 되면 느티나무 네 그루와 단풍나무들이 엄청난 양의 낙엽을 쏟아 놓는다. 가지에 붙어있는 단풍 진 잎보다 바닥에 쌓여있는 낙엽 보기를 훨씬 더 좋아하기 때문에 발목이 잠길 만큼 쌓일 때까지 오래도록 그들을 치우지 않는다. 가을이 깊어 바스락거리며 날아다니는 낙엽을 보면 마치 저만치 걸어가던 가을이 미련을 못 버리고 되돌아오는 것만 같다. 서리가 몇 번이나 스쳐 지나가고 하얗게 내리는 눈을 만나고서야 남편과 나는 낙엽을 치운다.

한 무리의 낙엽을 태우며 낙엽 특유의 매캐한 향과 크고 작은 불꽃의 타닥거리는 생을 듣는다. 그 속에 연둣빛 새싹과 푸르렀던 젊음 그리고 낙엽지어 떨어지는 그들의 일생이 다 들어있다. 오르는 연기 속에서 조금 더 깊어지는 나를 발견한다.

낙엽은 함께인 듯 각자의 의지대로 홀로 낙하한다. 홀로 뒹굴며 비를 맞다 잎맥만 남은 가벼운 몸으로 부서지고 태워지며 흙으로 돌아간다. 애잔한 향과 연기를 보이며 불꽃 속으로 사그라진다. 커졌다 작아졌다하며 달근 몸들이 향으로 피어나며 나의 우둔함을 깨운다. 나의 마지막 길에서도 이런 향이 스며 나와 나를 위해 애달아 할 사람이 있을까. 낙엽 타는 냄새가 나를 흔들고 알싸한 연기가 나를 취하게 한다. 고단했던 일상 속에서 아름다운 일들만 뽑아 올려 불꽃으로 승화시킨다. 향을 품은 재가 스며들며 더 나은 내일을 희망한다.

나의 봄을 읽다

✳

　　문을 나서니 사방에서 봄이 몰려와 나를 감싼다. 겨울 동안 어디서 살았을까 궁금하던 철새들도 떼로 몰려와 활기차게 지저귀고 있다. 살랑대는 미풍을 얼굴에 맞고 있자니 기분도 날아갈 듯 상쾌해진다. 봄은 아마도 오래전부터 나를 찾아와 옆에서 기다리며 지켜보고 있었나 보다.

　　두 해 전 몸이 불편하여 십 년 동안의 전원생활을 정리하고 아파트로 왔다. 아파트로 오자마자 앓아눕다 보니 자연과는 마음이 먼 불감증 환자가 되어버렸다. 사방으로 아파트에 갇혀 있는 나는 시골에서는 바로 옆에서 들리던 빗소리도, 휘날리는 눈의 광경도 아무것도 보이지도 들리지도 않았다. 밤하늘의 별을 헤기는커녕 유리창 너머로 보는 달은 둥근 모습만 보일 뿐 아무런 교감도 할 수 없었다. 달력을 몇 번이나 넘기도록 한 번도 올려다보지 않은 하늘은 이미 내 친구가 아니었다. 쳐다보지 않아도 잘 살아져가는 것이 신기하게 여겨졌다. 그런 내가 답답했는지 봄이 나를 찾아와 "어서 눈을 떠 봐." 하며 건드려 깨우고 있다. 감았던 눈을 뜨고 닫혔던 귀를 열고 보니 조용히 옆에서 기다리고 있는 봄이 보였다.

차가운 듯 신선한 봄의 미소를 보는 순간 나는 형체도 없이 녹아내리는 것 같은 참으로 이상한 느낌이 들었다. 부풀어 오른 흙을 눈여겨보니 벌어진 흙 사이로 손톱만 한 여린 싹이 올라와 있다. 어쩌면 엊그제 내린 비가 봄을 한 치나 앞당겼나 보다. 누런 영산홍 가지 끝에도 꽃눈이 밥풀만 하게 부풀어있다. 죽어있던 땅을 뚫고 삐죽 올라오는 수선화와 튤립의 연둣빛 새싹은 겨울을 이겨낸 깃발이다. 촉촉하게 내리는 봄비가 하얀 털로 감싼 목련의 코를 간지럽히면 쥐었던 손을 천천히 벌리며 우윳빛 얼굴을 보여주리라.

이사 올 때, 이제는 간소하게 살겠다며 다른 것들은 과감히 다 버리면서도 작약 두 뿌리와 백합 한 덩이를 캐어와 커다란 화분에 옮겨 심었다. 이들을 보며 행복했던 옛 생활을 꺼내어 보고픈 간절한 행위라고나 할까. 소망과는 달리 심한 몸살을 앓더니 초라한 꽃만 잠깐 보여주고는 이내 사그라져버렸다. 초라하게 널브러진 모습을 보며 마음 놓고 살아가던 야생의 꽃을 작은 화분에 옮겨 심어 죽였구나 싶어 참담한 심정이 되었다. 미안한 마음에 흙만 보이는 썰렁한 화분을 치우지도 못하고 멀뚱히 바라보고만 있었다.

며칠 전 그 화분에서 조그만 싹이 뾰족 올라와 있는 것이 보였다. 혹시나 하여 겨울을 지내는 동안 두세 번 물을 주긴 했지만 정말로 얘들이 살아 돌아오리라고는 기대하지 않았다. 끈질긴 생명의 경이로움을 느끼는 순간이었다. 도톰하게 붉은색으로 올라오는 것은 작약일 것이고 연둣빛으로 삐죽 올라오는 것은 백합이 틀림없다. 너무나 기특하고 신기하여 나도 모르게 환성을 지르며 호들갑을 떨었다. 그리고는 십 년 동안 키우던 애들을 그렇게도 쉽게 포기해버린 내가 용서되지 않았다. 죽어있던 것은 화분 속의 꽃이 아니라 내 마음이었다.

나는 오늘, 나를 찾아와 문 앞에서 기다리고 있는 봄 속으로 들어가기로 했다. 들어가서 개나리 진달래도 되어보고 지붕보다 큰 목련이 되어 '나의 살던 고향은 꽃피는 산골 ~' 꽃향기 진동하는 봄을 열어야겠다. 아련한 꽃 내음으로 온 동네를 휘감으며 매일매일 더 아름다워지는 희망의 메시지도 전해 보자. 힘들고 지쳐있는 사람들 속으로 들어가 밝은 옛모습을 찾도록 힘을 실어주고 벙글어지는 생명을 어루만져 앵초와 무스카리, 수선화도 피워 보리라. 점점 따뜻해지는 햇살을 모아 부풀어 오르는 봄이 팡 터지며 축제를 열면, 누군가는 떨어지는 꽃 비늘의 웃음소리와 구르는 언어들을 받아 적지 않을까. 지금 나는 나에게 찾아온 봄을 맞으며 잠자던 촉수를 수리하고 있다.

내면의 무게

✳

　사과나무 곁으로 가자 후두둑 노란 나방이가 날아간다. 사과나무 다섯 그루가 있어 해마다 제법 보기 좋게 열리지만 한 해도 제대로 된 결실을 보지 못했다. 몇 년 전부터 꽃매미라는 나비처럼 생긴 나방이가 우루루 몰려와 놀라운 속도로 속을 다 파먹어 버리기 때문이다. 나방이의 습격을 받은 첫날의 사과는 속은 비었으나 색깔은 발그레하니 껍질도 원형 그대로이다. 본래의 모습을 그대로 지닌 껍질 속의 공간에는 사과의 체취가 아직 남아있을까, 궁금해졌다. 육질을 담고 있던 촉감이, 향이 그대로 배어있을까. 속은 없어져 버렸지만 동그랗게 비어있는 공간의 바람은 어떤 무늬일까. 그곳에도 무늬는 있을까. 무엇이라도 있어야만 할 것 같았다.

　처음엔 조그맣게 구멍을 내어 그곳부터 먹기 시작하는데 다음 날 보면 껍질만 동그랗게 매달려있고 속은 깡그리 먹어치운 모습이다. 무심코 보면 무슨 공예를 하려고 속만 파고 겉껍질을 매달아 놓은 듯 발그레

한 사과가 예쁘장하게 매달려있다. 먹음직하게 열려있던 사과는 그렇게 하여 모두 꽃매미의 먹이가 되어버린다.

속이 빈 사과를 보면서 며칠 전 찾아뵌 은사님이 생각났다. 이북에 처와 아들을 두고 혼자 월남하여 홀몸으로 살아오신 분으로 종교계에서는 꽤 알려진 원로장로님이시다. 92세의 노령으로 얼마 전까지도 사무실로 출퇴근 하셨지만 여러 번 쓰러지신 후 주변에서 의논한 끝에 요양원으로 모셨다. 처음에는 그런대로 괜찮으셨는데 계절이 몇 번 바뀌는 사이 의식도 대화도 힘들어지셨다. 남편과 차를 몰아 의정부에 있는 그곳으로 갔다. 수락산 밑자락에 있는 그 요양원은 생긴 지 얼마 되지 않아 비교적 깨끗하고 시설도 좋았다. 하지만 침대에 덩그러니 혼자 누워계신 모습을 보는 순간 가슴이 메어왔다. 간병인이 규칙적으로 식사를 챙겨 드려 얼굴은 조금 나아진 것 같은데 그사이에 딴사람이 되어있는 지금의 모습은 영 낯설었다.

신문사 사장도 하며 불우한 처지에 있는 아이들을 남모르게 꾸준히 도와주며 교육에 관심이 많아 많은 제자를 두었다. 반면 원칙에는 양보가 없고 까다로워 반대파도 많았다. 그런 분이 요양원에 누워 수족을 남에게 맡기고 있다. 귀는 더 어두워져서 잘 알아듣지 못하니 제대로 된 대화도 불가능했다. 동문서답하며 한 시간 남짓 머무는 동안 나는 속이 다 빠져나가고 빈껍데기만 남아있는 초라한 한 사람을 마주하고 있는 듯하여 가슴이 먹먹해졌다. 마주 보고 있는 내내 자꾸만 우리 집의 사과나무가 어른거렸다. 시간이 갈수록 수분이 빠지고 쪼그라들어 껍질만 남은 사과의 모습이 자꾸만 눈에 어렸다.

살아왔던 삶이 얼마나 진지하고 치열했는데 이렇게 침대 하나만 달랑 차지하고 누워 원초적인 본능에 몸을 맡기고 있는 것인지, 함께하던 신은 어디로 가고 그분의 그림자도 보이지 않는 것인지, 내가 바라보고 있는 현재가 믿기지 않아 가슴이 버걱거렸다. 그동안의 삶의 기억이 붕붕 떠다니며 그 방을 가득 메우고 있었다. 생생하게 살아있음을 실감하지 못하는 질감 없는 공기가 작아진 몸을 간신히 떠받치고 있었다. 내가 존경하던 분은 어디로 사라지고 가벼운 공허만 가득했다.

은사님은 교계뿐 아니라 여러 부문에서 이루어놓은 업적이 많으신 분이며 남을 도우며 헌신하는 삶을 살아오신 분이다. 그분이 남몰래 길러낸 인재만도 한둘이 아니다. 그러한 삶의 흔적이 여기저기 오래도록 남아있으리라 여겨진다. 하지만 지금 내 앞에 계신 분은 그저 내면이 비워진 초라한 모습만이 존재할 뿐이다. 주님은 왜 이렇게 혼을 앗아가는 병을 만드신 것인지 지금의 나로서는 이해가 안 된다. 어쩌면 자기의 주장이 모두 사라진 이러한 모습이 정말로 어린아이처럼 순수한 모습인지도 모르겠다.

지금 은사님 내면의 무게는 얼마일까. 그분의 속은 이미 텅 비어있는 듯했다. 그동안 보여줬던 인내도, 너그러움도, 깔끔함은 물론 신의 흔적도 보이지 않았다. 그저 남아있는 것은 껍질뿐. 인간이 사그라질 때는 무언가 진중한 체취가 묻어나와 수분이 다하여 마칠 때까지 은은한 향기로 피어올라야 하지 않을까. 은사님의 향과 체취가 비어버린 내면을 아직 채우고 있기를 바라며 껍질 속 내면의 무게를 생각해본다. 표피만 남은 모습에서 초점 잃은 눈동자만 바라보다 나는 그만 공허한 마음이 되어 그곳을 나왔다. 비가 내린다.

눈 속 생명들의 거듭나기

✳

　　기지개를 켜며 밖을 나가보니 밤부터 내리는 눈으로 온통 하얀 세상이 되었다. 커다란 눈송이가 소리 없이 떨어지며 순백의 포장을 한다. 눈 이불을 잔뜩 뒤집어쓴 소나무는 가지를 축 늘어뜨리며 버거운 듯 낑낑대고, 장독대 위의 항아리들은 눈썹 없는 눈사람이 되어 말없이 서 있다. 동네 이장이 커다란 트랙터를 몰고 와 인도를 만들어 보지만 드러난 길은 금세 하얗게 덮여 사라져 버린다. 눈 덮인 세상 아래의 생명들의 거듭나기는 어떤 모습일까. 차가운 동토 속에도 봄의 기운은 녹아들어 새로운 꿈이 부풀고 있다.

　　검은 점박이 고양이 한 마리가 천천히 지나가며 발자국을 남기고, 눈보라가 스치며 발자국의 명암을 선명하게 드리운다. 저 고양이는 눈 덮인 이 상황을 어떻게 받아들이고 있을까. 몇 년 전 집에서 기르던 삽살개가 새끼 두 마리를 낳았다. 조금 자라 둘이서 장난을 치며 놀던 어느 날, 갑자기 눈이 펑펑 내리기 시작했다. 눈을 처음 본 강아지들이 놀라서 테라스 밑으로 뛰어들어 가더니 불러도 꼼짝 않고 눈망울을 굴리면서 내리는 눈만 바라본다. 강아지들의 눈에 비친 눈 내리는 광경은 경이였을까 아니면 두려움이었을까. 해마다 보는 눈이지만 첫눈 오는 날은 지금도 특별한 날로 다가온다.

눈송이가 굵어지자 소리마저 삼켰는지 온 세상이 조용하다. 회색 하늘에서 눈송이가 바람 따라 결을 이루며 하늘과 땅의 경계를 흩트린다. 정적(靜寂) 속, 영산홍 가지 끝에 피어난 목화송이가 나의 시선을 붙잡는다. 흰 눈을 잔뜩 뒤집어쓴 소나무의 밑동은, 또 다른 세상인 듯 뽀송뽀송한 갈색을 지키며 고고하다. 하얀 설국 속의 외딴섬이다. 나는 이 섬에 '새 모이'를 조금 가져다 놓았다.

소나무 위를 날아다니던 방울새들은 모두 어디로 갔을까. 아마도 바위 틈새나 처마 밑의 보금자리에 들어 서로의 체온을 교환하고 있을 것이다. 어디서 겨울을 나기에 봄이면 다시 둥지를 틀고 알을 낳으며 종족을 보존하는 것인지 신기하기만 하다. 갑자기 나이 들어 생을 다한 어미새들은 어디로 가서 삶을 마감하는지 알고 싶다. 나는 아직 그들의 자연스런 주검을 본 적이 없다. 새들뿐이 아니라 다른 짐승의 자연사한 주검도 본 일이 없다. 그들은 모두 어디로 가서 자기의 삶을 마감하는 것일까. 우주를 지으신 그분의 섭리인 것을 알면서도, 외람되게도 나는 가끔 그런 게 궁금해진다.

눈 아래 얼어붙은 흙 밑에선 지금 무슨 일이 벌어지고 있기에 봄이 미처 오기도 전에 여린 싹들이 불쑥불쑥 올라오는 것인지. 베르베르 베르

나르의 『개미』에서는 그들을 의인화하여 개미를 통해 눈 아래의 생활을 속속들이 파헤치며 보여준다. 인간들이 그들의 집단 거주지를 통째로 들어 올려 커다란 유리 상자에 넣어놓고 그들의 도시를 들여다보는 장면이 나온다. 가끔은 눈 쌓인 얼음 밑의 세상을 그렇게 통째로 들어 올려 들여다보고 싶다. 눈이 녹으며 내려오는 물기를 받아 씨가 발아하며 움트는 모습이라든지 땅속에서 잠자는 애벌레들의 겨우살이도 들여다보고 싶다. 낙엽들이 분해되어 뿌리로 빨아올려 지며 새로운 생명으로 거듭나는 신비를 들여다보고 싶고, 매미 애벌레가 나무 뿌리의 즙을 빼는, 한겨울 지하세계의 신비도 모두 들여다보고 싶다.

눈 속에서도 오롯이 푸르름을 유지하고 있는 소나무의 겨울나기가 시리도록 눈물겹고 안쓰럽다. 그들은 무슨 배짱으로 한결같이 푸르름을 유지하며 서 있는 걸까. 가끔은 그들의 뚝심을 보며 살아갈 힘을 얻는다.

눈이 그치자 회색 하늘의 가녀린 틈새로 햇살이 빼꼼 얼굴을 내민다. 저만치 햇살의 손을 잡은 눈 뭉치도 회색 공기를 밀어내며 반짝 빛난다. 바람이 소나무 위의 이불을 슬쩍 밀치니 한 무리의 눈덩이가 툭 하고 떨어지며 발아래의 섬을 점령한다. 순간 나무 밑동의 고요가 술렁대며 수런수런 깨어나기 시작한다. 어디선가 햇살을 따라 볼이 하얀 박새가 살포시 날아와 눈치를 살피더니 섬 속의 모이를 쪼기 시작한다. 한 마리, 두 마리, 식구를 부르며 주린 배를 채운다. 먹이를 쪼며 모두들 신이 나서 수다를 떤다. 세를 넓히며 밀고 들어오던 햇살은 하얀 육각형의 얼굴을 동글리며 동안의 미인을 만들어간다. 설경 속 자연의 신비로움이 새삼 마음에 와닿는다.

　눈 덮인 하얀 세상 속에서는 우리가 미처 알지 못하는 많은 생명이 묵묵히 자기의 내일을 준비하며 거듭나고 있다. 나는 하릴없이 자판기만 두드리며 겨울을 삭이는데, 시계추는 쉬지 않고 돌아가며 새로 태어나는 어린 봄을 손짓하여 부른다. 잡다한 근심일랑 눈 속에 묻어두고 봄의 소리에 귀 기울이며 희망을 꿈꾸어 보면 어떨까. 지구의 한 귀퉁이 나의 작은 뜨락에, 새 생명이 하나둘 깨어나고 있다.

느티나무 오르골

✳

하 거리던 벚꽃이 비가 되어 내리고 조숙한 냉이가 대롱 끝에 하얀 꽃을 매달 때쯤이면 느티나무도 이파리 수를 늘리며 몸을 부풀리기 시작한다. 느티나무를 좋아해 마당에 느티나무를 심은 지 십 년이 되었다. 나의 행복했던 시간과 어두웠던 모든 것을 기억하는 느티나무는 다가가 자기 품에 안길 때마다 뚜껑을 열면 돌아가는 오르골처럼 간직해둔 삶의 이야기를 풀어 놓는다. 골진 나이테 사이를 요리조리 돌아가며 굴곡진 세월을 늘어놓기도 하고 날마다 일어나는 일상의 이야기를 지금도 묵묵히 새기고 있다.

느티나무를 좋아하게 된 것은 어릴 적 시골에서의 추억 때문이다. 초등학교에 들어가기 전, 어머니의 병간호를 위해 시골 외삼촌 댁에서 잠시 지낸 적이 있었다. 마을 어귀에는 커다란 느티나무가 한 그루 있었는데 그 밑에 있는 넓은 평상은 마을의 쉼터이자 소통의 장소였다. 어린 나는 그곳에서 동네 어른들의 무릎을 베고 누워 느티나무 올려다보기를 좋아했다. 누워서 잎새를 비집고 내려오는 햇살과 햇살을 받아 반짝이는 이파리들을 보며 할머니들의 이야기를 듣곤 했다. 평상 위에서는 언제나 이야기가 풍성했다. 알아듣지 못하는 말도 많았지만 그건 아무래도 상관없었다. 방금 들은 이야기가 이해가 안 되면 내 마음대로 이야기를 만들어 상상놀이를 했다. 그때부터 느티나무는 나의 이야기책이 되었고 나의 삶이 되었다.

시골에서의 생활은 날마다 즐겁고 재미있었다. 나무 밑에는 거위 두 마리가 뒤뚱거리며 돌아다녔는데 심부름으로 그 옆집으로 두부를 사러 가려면 고놈들이 달려 나와 겁을 주곤 했다. 나는 거위를 무서워했지만, 어머니는 나보다 더 무서움이 많아 밤중에 마당을 질러 화장실을 가려면 어린 나를 앞세워 가시곤 했다. 뒷동산에 올라 어머니의 무릎을 베고 누워 작은 소리의 어머니 노래를 따라 부르노라면, 돌 밑에 피어있는 할미꽃과 풀꽃들 그리고 하늘을 떠다니는 구름과 바람 소리가 모두 내 것인 양 세상 부러울 것이 없었다. 또래들을 따라다니며 철 따라 달라지는 자연 속을 뛰어다니다가도 슬며시 평상으로 스며들곤 했다. 이야기는 음악이 되어 오르골이 되고 오르골은 삶의 이야기가 되어 느티나무가 되었다.

서울로 올라온 후로도 그곳은 영원한 나의 고향이 되었다. 언제나 그곳이 환기 시키는 내 안의 어떤 기억들로 현재의 삶이 좀 더 여유로울 수 있었다. 느티나무는 나의 이야기를 다 받아주는 착한 친구였다. 살다 지쳐 그에게 나의 이야기를 주저리주저리 말하다 보면 어느새 마음이 편해지곤 했다. 꼬맹이가 어른이 되고 할머니가 되는 동안에도 그는 내 삶의 윤활유가 되어 사막에서도 노래하는 베두인처럼 터널 속에서도 내일을 짓는 어른이 되게 해주었다.

자식들이 독립해 나가자 우리 부부는 자연스레 시골을 기웃거렸다. 마음 한구석에는, 내가 외삼촌 집을 통하여 자연을 알았던 것처럼 내 아이들에게도 시골을 경험하게 하고 싶었다. 원하면 언제나 달려올 수 있는 '시골 할머니 집'을 선물해 주고 싶었다. 그런 소망이 더해져 한강을 따라 동쪽으로 한참을 달려 용문산이 있는 양평 언저리에 터를 잡았다.

시골에 오자 제일 먼저 집 왼쪽에 굵은 느티나무를 심었다. 한여름 내리쬐는 햇살이 부담스럽기도 했지만, 느티나무를 몸으로 느끼며 살고 싶었다. 봄이면 연녹색 꽃차례를 늘어트리며 수꽃과 암꽃이 열리고, 여름이면 가지마다 그득하게 긴 타원형의 잎들을 매달며 성큼성큼 자랐다. 성장한 나무가 풍성한 그늘을 만들어 주자 그 아래에 커다란 그네를 가져다 놓았다. 그늘 밑에서 손주와 그네를 타며 깔깔거리기도 하고 풀장을 만들어 물놀이도 함께했다. 바람대로 아이들의 가슴속에 이곳이 오래도록 '그리운 시골집'으로 기억되지 않을까 자부해본다.

느티나무는 내 삶의 이야기책이고 나를 풀어내는 오르골이다. 살아온 길을 뒤돌아 보면 하나의 긴 이야기였다. 레베카 솔닛이 "우리는 이야기로 길을 찾고 성전과 감옥을 지어 올린다. 이야기가 나침반이고 건축이다."라고 했듯이 이야기는 살아낸 조각들의 모음이며 앞으로도 꾸준히 이어지는 삶의 발자취라는 생각이 든다. 살아온 이야기 속에서 나를 찾

고 갈 길을 모색했다. 힘들 때마다 어린 시절을 불러오는 마법의 지팡이
가 되어 가슴을 적시는 오아시스가 되기도 하고, 길을 밝히는 등불이 되
어 주기도 했다. 마지막 책장을 덮을 때까지 느티나무 오르골은 살아가
는 이야기를 업그레이드하며 용량을 늘릴 것이다. 굴곡진 옹이도 희미
해진 지금, 앞으로의 이야기는 수수하고 은은한 보라색 라일락을 닮았
으면 좋겠다.

다림질을 하며

✳

　전원을 꽂았다. 뒤꽁무니에 물을 넣고 수증기를 빼며 다리미를 점검한 후 '면'이라는 곳에 바늘을 맞춰놓고는 다리미판에 하얀 와이셔츠를 펼쳐 놓는다. 예전에는 와이셔츠와 바지를 다리는 일이 매일의 일과였지만 남편도 매인 몸이 아니니 이젠 다림질도 어쩌다 한 번 하는 모처럼의 일이 되어버렸다. 다림질은 와이셔츠의 품격을 바꿔놓곤 한다.

　어머니 시대엔 벌겋게 달아오른 숯을 넣은 다리미로 다림질을 했다. 먼저 적당히 말린 빨래에 방망이로 다듬이질을 하여 주름을 펴주고 달구어 놓은 숯을 다리미에 넣어야 하는 아주 고단한 작업이었다. 화로엔 항상 숯이 달구어져 있었고 때론 인두도 꽂혀 있었다. 저고리의 동정이라든가 세심한 곳을 다림질할 때는 쇠로 만든 화살촉 모양의 인두라는 것도 써야 했기 때문이다.

　어머님은 다림질할 때마다 입으로 한껏 물을 머금은 후 빨래를 향해 입속의 물을 푸~하고 뿜어내어 주름이 잘 펴지도록 하였다. 어렸을 때는 그 모습이 마냥 신기하고 재미있어 보여 곧잘 흉내를 내보곤 했지만, 어머니처럼 잘되지 않았다. 전기다리미가 나오자 버튼을 누르기만 하면 작은 기포가 골고루 뿜어져 나오는 스프레이 장치가 되어있어 그런 행동은 더 이상 필요 없게 되었다. 어머니 세대에 비하면 지금의 다림질은 무척 편리해진 셈이지만 반면에 그때와는 비교도 할 수 없게 멋이 없는 일이 되어버렸다. 가끔 다림질을 하다 보면 대청마루에 앉아 물을 뿜어가며 숯 다림질하던 어머니의 모습이 그리워지곤 한다.

나의 시대도 가고 요사이 젊은이들은 바느질도, 다림질도 하지 않는다. 어쩌다 바느질할 일이 생기면 모두 세탁소나 수선하는 집에 가져다주고 와이셔츠 하나도 집에서 다리는 법이 없다. 고루한 어른이 된 내게 요즘의 젊은이들은 마냥 부러움의 대상이다. 집에서 살림만 하는 세대가 아니니 어찌 보면 당연한 일이라고 여겨진다.

얼마 전 지인이 말하기를 아들을 장가보내기 전까지는 와이셔츠와 바지를 매일 다려주어 말쑥하던 자기 아들이, 장가간 후에는 바지에 날이 서기는커녕 늘 구겨진 양복을 입고 추레하게 다닌다며 애달아하던 모습이 생각난다. 집에서 다림질하는 모습이 사라졌으니 그럴 수밖에 없는 노릇이지만 이것도 세월의 변화인데 어떻게 하랴. 행복의 가치 기준이 달라졌으니 세월의 흐름이 아닐까. 구겨진 바지를 입고 다니더라도 행복하면 그만인 것을, 부모가 애달프게 생각할 필요가 없다. 나의 며느리도 내가 다림질을 하고 있으면 "어머님, 힘들게 다림질하지 마시고 세탁소에 맡기세요."라고 한다. 힘들게 일하며 아프지 말고 그 시간에 좋아하는 일을 하며 행복하라는 말이다. 바쁘게 사는 요즘 젊은이들의 사고방식이 나는 더 현명하다고 본다. 시간과 노동이라는 개념으로 보면 앞으로의 시대는 이런 쪽으로 흘러가는 것이 맞을 것 같다.

오랜만에 다림질을 하며 새삼스레 새로운 사실을 발견했다. 조금 전까지도 빨래에 불과하던 와이셔츠가, 정성스레 주름을 펴주니 같은 옷인데도 옷걸이에 걸어 놓아야만 하는 귀중한 옷으로 바뀌는 것이다. 조금의 수고로움과 노력을 했을 뿐인데 옷 자체의 품격이 달라짐은 물론 이것을 입는 사람의 품격까지도 또한 높여주는 것이다.

시골에서 전철을 이용하여 서울 도심으로 가곤 한다. 전철을 타고 보면 나이 많은 분들이 꽤 많은데 전철 안이 여간 소란스럽지 않다. 자기 집 안방에서 전화 걸듯 큰 소리로 말하는 것은 물론 옆 사람과 대화하는 소리도 어찌나 큰지 도무지 안하무인 격이다. 남을 배려하지 않는 이런 무례한 태도를 좀 깨끗하게 다림질하여 한층 높아진 품격의 어른으로 바꿀 수 있다면 좋겠다는 엉뚱한 생각을 해본다.

뉴스를 보면서 나라 사정으로 마음이 어두워진다. 가뜩이나 경제문제로 나라의 앞날이 걱정스러운데 과거의 어두웠던 문제들이 불거져 나오며 온 나라가 들끓는다. 세계 속의 정세와 경제도 앞날을 점치기가 힘들어지고 매스컴은 매일 어두운 뉴스를 쏟아 놓곤 하여 가끔은 이런 상황에 허탈감이 생기고 분노가 치민다. 무엇보다 당장 취업이 어려워 고통받는 젊은이들과 힘겨워하는 중장년들에게 밝은 뉴스가 가득 전해져 내일을 꿈꿀 수 있으면 좋겠다.

와이셔츠를 다림질하면서 구겨진 옷이 펴지며 단정한 모습으로 바뀌는 쾌감을 맛보았다. 다림질의 수고로 품격이 갖추어지듯이, 나라 안팎의 방대한 문제가 서로 얼굴을 맞대고 소통하면서 엉긴 부분이 풀리고 매끈하게 다려지면 좋겠다. 그리하여 젊은이들이 꿈을 꾸고 중소기업이 바쁘게 돌아가며 어려운 사람들도 힘을 얻고 희망을 노래하는 약동하는 나라가 되었으면 좋겠다.

껍질을 한 꺼풀 벗길 때마다 감사와 찬양이 굴러다닐 것 같아 두리번거린다. 한 꺼풀 한 꺼풀 벗겨질 때마다 알싸한 매운 내음이 공기 속으로 흩어지고 쌓이는 분량만큼 그들의 아린 맛이 나의 눈물샘을 자극한다. 눈물 속에 감자의 하얀 속살이 어머님의 모습이 되어 아른거린다.

＊ 「묵은 감자를 깎으며」 중에서

2부 **달빛
그림자**

달빛 그림자

✳

60년 만의 슈퍼 문이라며 매스컴에서 떠들던 어제는 그저 좀 큰가 보다 하며 별 감흥이 없었는데 새벽 2시에 일어나 거실에 나와 보니 거실이 온통 환하니 무언가 신비로운 느낌이 서린다. 창밖을 보니 달빛이 주변을 환하게 비추고 있었다. 나는 무심결에 가운도 걸치지 않은 채로 무언가에 홀린 듯이 밖으로 나왔다.

뜰 위로 잔잔한 은빛 물결이 출렁이고 있었다. 그랬다. 은빛 세상이었다. 커다란 둥근달이 아래를 보며 은빛 가루를 뿌리고 있고 사방은 밤이 아닌 듯 밝은 회색빛으로 드러나 있었다. 바람 한 점 없는 조용한 달빛 세상에 낙엽을 밟는 내 발걸음 소리만 바스락거린다. 하늘도 땅도 모두가 운무에 쌓인 듯 은은하고 맑은 회색인데 나무들만 어두운 색을 띠고 무심히 서 있다. 맑고 투명한 달빛 세상에서 나는 반쯤 몽롱한 상태가 되어 하늘을 올려다보았다. 정말 밝고도 커다란 달이 하늘에서 온몸을 반사하고 있었다.

신기하게도 몇 개의 선명한 별이 달의 주변에서 반짝거리고 있었다. 하늘과 땅이 구별되지 않은 채 커다란 달과 점점이 박힌 별이 나를 몽환적인 세계로 이끈다. 보름달이 되어 환할 때는 별이 보이지 않는 법인데 오늘은 이상하리만치 반짝이는 샛별이 달 주위의 여기저기서 함께 빛을 발하고 있다. 내가 아직 꿈속에 있는 것인가 싶어 손을 크게 휘둘렀더니 갑자기 나무 둥지 속에서 푸드덕 검은 물체가 날아간다. 어쩌면 그 새도 보름달을 음미하며 꿈속을 거닐고 있지 않았을까.

환한 달빛 정원을 몇 발짝 거닐다 참으로 신기한 광경을 목격했다. 나뭇잎을 다 떨군 커다란 느티나무의 가지들이 판박이를 하듯 나뭇가지 모습 그대로 바닥에 선명하게 찍혀 있었다. 이제껏 나무의 그림자라곤 나무 전체의 뭉뚱그린 그림자만 보았지 이렇게 밑그림처럼 굵은 가지를 그대로 드러낸 나무그림자를 본 적이 없다. 그것은 정말 달빛 그림자였다.

달빛 아래 선명하게 찍힌 나무그림자를 보며 은빛 공간을 거닐어 본다. 『이상한 나라의 앨리스』에서처럼 내 몸이 붕붕 뜨고 있었다. 발밑의 낙엽이 소곤거린다. 여태 자기 그림자를 만들어보지 못했던 작은 풀들이 달빛에 생글거리고 있다. 원두막 지붕 위의 찔레도 은빛 가루를 뒤집어쓰고 아는 체를 한다. 오늘은 모두 축복받은 밤이다.

달 그림자는 성질도 온순하여 흔들리지도 않는다. 그냥 액자 속의 그림 같다. 낮도 아니고 밤도 아닌 밝은 은빛의 세상엔 모든 것이 세세하게 다 드러나 보인다. 회색 공기 속에서 하얀 국화가 눈부시다. 서리가 내린 정원에는 모든 꽃이 다 사그라졌는데 국화만이 가을을 대변하듯 하얀 박으로 피어있다. 둥근달을 보면서 갑자기 손주와 하던 그림자놀이가 떠올랐다. 불을 다 꺼놓고 손전등을 비추며 하던 그림자놀이는 손주를 보는 할미들만이 누릴 수 있는 자그마한 행복이다. 달빛은 어느새 나를 아이로 만들어버려 혼자서 손을 돌려가며 그림자놀이를 해본다.

그림자는 거짓이 없다. 원형 그대로를 나타낼 뿐 살을 붙이지도 덜어내지도 않는다. 그림자는 빛이 없는 어둠 속에서는 아예 모습을 드러내지도 않는다.

요즘 국정농단 사건을 일으킨 '최순실게이트'로 온 나라가 시끄럽다. 그녀는 어둠 속에서 살 때는 그림자도 보이지 않더니 세상에 드러내어 놓자 여러 모습의 그림자로 나타나기 시작한다. 겉으론 성공한 듯 보이지만 그를 반사하는 그림자는 온통 여기저기 찢기어 누더기가 되어있다.

그림자 안에는 개체마다 제각각 다른 지문이 있지 않을까. 나의 그림자는 어떤 모양일까. 온몸을 달에 내어 보였다. 그림자 안에 나의 살아온 내력과 인격이 송두리째 배어있을 것 같아 눈을 돌려 그림자 보기가 망설여진다. 되돌아볼 때 깨끗하고 선명한 그림자를 가질 수 있다면 성공적인 삶을 살았다고 할 수 있을 것이다.

우주 속의 작은 한 점인 '나', 하늘에 떠 있는 커다란 달을 보며 말한다. "달마다 나에게로 와, 나의 그림자를 보여주렴". 어느 때보다 지구에 가까이 다가온 달이 은빛 가루를 뿌리며 구석구석을 밝히고 있다. 바람 한

점 없는 조용한 달빛 뜨락에 낙엽 밟는 바스락 소리가 고요를 깬다. 나는 오늘 달빛 그림자와 함께 신비롭고 행복한 밤을 누렸다.

5월은

✳

　풍향의 계절이다. 문우들과 봄 기행을 위해 서울을 벗어나 남
으로 남으로 내려가는 동안 창밖은 빌딩의 회벽 색에서 짙푸른 자연의
색으로 바뀌고 있었다. 얼마 만인가. 탁 트인 봄의 현장으로 나온 것이.
바람의 냄새부터 달랐다. 초봄에는 울긋불긋 진달래, 매화, 튤립 등이 아
름다움을 뽐내며 눈을 즐겁게 했지만 하얀 옷으로 갈아입은 늦은 봄의
5월은 마음을 취하게 하는 향기의 계절이다.

　멀리 보이는 산의 중간중간에 하얗고 둥근 점들이 박혀있다. 꽃의 무
리임에는 틀림없을 텐데 무슨 꽃일까, 벚꽃 피는 계절에는 벚나무만 있
는 듯 보이고 진달래 피는 계절엔 온통 진달래 산으로 비쳐진다. 하얗게
꽃을 피운 저 꽃의 정체는 무엇일까 생각하며 한참을 달렸다. 버스가 모
퉁이를 돌며 산과 가까워지자 향이 먼저 말을 건넨다. 아카시 꽃이었다.

　그리움의 계절이다. 큰언니는 아카시 향기가 진동하는 계절에 홀연히
심장마비로 떠났다. '비밀스런 사랑'이란 꽃말이 있지만 나는 이 꽃말을

그리움이라 부른다. 드르륵 꽃을 따서 입에 넣으면 입안 가득 꽃물이 괴인다. 아카시는 큰언니의 꽃. 5월이 오면 송이로 만개하는 아카시 꽃을 만나고 싶어 몸을 뒤채인다. 아카시는 한동안 천대받으며 개체 수가 줄어 이제는 예전보다 쉬 만날 수 없는 귀한 꽃이 되었다.

5월은 하얀 꽃으로 가득한 순백의 계절이다. 나무나 꽃 모두가 하얀색이 주류를 이룬다. 가로수로 하얀 꽃이 도열해 있어 물어보니 산사나무란다. 딸기와 둥굴레를 비롯하여 부추와 초롱꽃도 하얀색이고 나무에 핀 꽃도 온통 하얀색이다. 노린재나무가 하얗게 만개하면 아카시가 청순한 아가씨가 되어 코끝을 자극한다. 백당나무 꽃은 하얀 족두리를 쓴 신부가 되어 둘레를 흰 꽃으로 장식하고 조팝나무, 이팝나무, 마가목, 불두화가 하얗게 피어나며 향을 날린다. 하얀 드레스를 입은 신부가 하얀 불두화를 들고 입장하는 신부의 달이다. 예전에는 학교마다 5월의 여왕을 뽑는 메이퀸 데이가 있었다. 그래서 나는 순백의 옷을 입고 하얀 화관을 두른 여왕의 달이라 부른다.

하늘거리는 벚꽃과 매화, 배꽃들이 꽃비를 내리며 사그라지면 봄에서 여름으로 지나가는 길목엔 향기로 취하게 하는 5월이 있다. 꽃이 흰색으로 피는 것은 꽃잎이 지닌 공기 방울이 난반사하기 때문이라고 꽃 박사를 꿈꾸는 박관식 문우가 알려주었다. 하얀 꽃이 유달리 많은 5월은 젊은이들이 자기가 지닌 이슬방울을 반사 시키며 자신의 능력과 끼를 마음껏 발산하는 꿈 꾸는 시간이면 좋겠다. 누구에게나 똑같이 전달해 주는 향기처럼 모두가 자기의 희망을 말하는 순간이면 좋겠다. 봄과 여름 사이, 아카시가 그리움을 부르는 5월은 진한 향으로 마음을 사로잡는 향기의 계절이다.

말벌집 소동

※

언제부턴가 커다란 말벌들이 꽃밭 사이를 날아다닌다. 꽃에 긴 대롱을 박고 있는 토종벌의 모습은 상상만 해도 꽃들이 웃고 있는 것 같아 기분이 좋은데 말벌은 보기만 해도 겁이 난다. 어떻게 이 녀석들이 정원을 돌아다니는 건지 알다가도 모를 일이다. 어딘가에 집을 짓고 있음이 틀림없다. 할 일을 자꾸 미루고만 있을 게 아니란 생각이 들어 녀석들의 근거지를 찾아보기로 했다. 게으름은 부릴수록 늘어난다더니 집안에 이 녀석들까지 키운단 말인가.

어디서부터 찾아야 하나 막막했다. 생각하다가 말벌이 집짓기 좋아하는 곳을 검색했다. 지붕 밑이나 나뭇가지 아래쪽에 많다고 하여 천정을 집중적으로 찾아보다가 정말 테라스 천정에 어른 주먹보다 큰 집이 떡하니 달려있는 말벌집을 발견했다. 세상에나 저렇게 큰 집을 지을 동안 모르고 있다니, 주변을 노란 줄무늬를 가진 녀석들이 유유자적 들고 나고 있었다.

악명높은 놈들을 잘못 건드렸다가 큰코다칠가 두려워 119를 부르기로 했다. 전화를 하자 10분이 안 되어 빨간 불자동차를 몰고 구급대원 세 명이 왔다. 머리에 망을 쓰고 무장을 한 대원이 연기를 뿜어 벌들을 마비시키고 말벌집을 털어내기 시작했다. 커다란 말벌이 여기저기 떨어져 버둥거리고 석회로 만들어진 듯 하얗게 부서진 집들이 여기저기 널부러져 있는데 모양부터가 꿀벌 집과는 거리가 멀었다. 육각형도 안 보이고 꿀이라고는 하나도 없는 삭막한 모양이다. 버둥거리는 놈들을 다른 대원이 발로 밟아 죽이고 벌집 안에서 기절한 놈들은 통째로 봉지에 넣어 처치했다. 벌집 위치가 비교적 쉬운 곳에 있어 벌집 퇴치는 싱거울 정도로 간단하게 끝이 났다. 빨간 불자동차가 마을에 들어왔으니 동네 사람들이 다 모여들어 상황 설명하느라 더 진땀을 뺐다. 방송에서만 보던 일이 우리 집에서 일어난 것이다.

말벌들은 평소에는 단독으로 행동하지만 집에는 수 천마리 이상이 모여 있으므로 집을 건드리면 위험하다. 성충은 나무 수액 등의 초식만 먹지만 유충이 육식만 먹기 때문에 사냥한 고깃덩이를 유충에게 가져다주기 위해 꿀벌 집 약탈하길 좋아한다고 한다. 약탈할 때는 단 한 마리의 꿀벌도 살려두지 않아 양봉하는 곳에 말벌 몇 마리만 들어와도 양봉업자들의 피해는 엄청나다.

말벌들의 천적은 우습게도 개미나 곰이다. 그들은 말벌의 독에 어느 정도 면역이 되어있고 꿀을 좋아하는 습성이 같아 서로가 적이 되기도 한단다. 곰과 개미가 검은색을 띠고 있어 머리가 검은 동양인들이 공격

당하는 경우가 많다고 한다.

뭐니 뭐니 해도 사람처럼 무서운 동물이 또 있을까? 사람들은 이들의 집을 떼어내서는 벌과 함께 벌통째 병에 넣고 소주를 부어 말벌주를 만들어 먹는다. 신비한 약효가 있다나? 사람들은 몸에 좋다면 못 먹는 것이 없다. 세 방만 물려도 생명을 잃을 정도로 독성이 강하다는데 바로 코앞에서 그렇게 클 때까지 모르고 있었다.

느긋한 것과 게으름은 다른데 마음의 여유를 누린다는 핑계로 게으름을 합리화하고 있었다. 말벌의 천적이 개미나 곰이라면 나의 천적은 위험이 코앞에 있음도 눈치채지 못하고 게으름을 피우는 아둔함이 아닐까.

멍순이

✳

언제부턴가 그니는 멍순이가 되었다. 멍하니 정신을 놓고 앉아있는 일이 많다보니 자연스레 멍순이로 불리게 되었는데 자신도 그 애칭이 싫지 않은 듯 그 멍순이를 호신술이나 되는 것처럼 자주 사용하곤 한다. 가끔은 시간의 흐름을 인식하지 못하여 옆에 있는 식구를 배곯게하는 것이 문제인데 그럴 때마다 "멍순이잖아요. 때가 한참 지났다고 좀 일러주지 않고요." 하며 어물쩍 배짱을 내민다. 오늘도 그니는 어제의 긴 외출이 가져다준 피로를 핑계 삼아 현실을 벗어두고 지금 혼자만의 여행을 하고 있다.

혼자만의 버릇이 생긴 건 어렸을 때부터이다. 동란 후 온 나라가 궁핍하고 어려울 때 초등학교를 들어갔다. 한 반이 육칠십 명이 되다 보니 아이들의 수준도 통일되지 않았고 간단한 것을 이해시키는 것도 가끔은 시간이 걸렸다. 그럴 때마다 그니는 그렇게 멍하니 머리를 비우고 혼자만의 비밀스런 시간을 즐기곤 했다. 집에도 각자의 방이 있을 턱이 없었고 힘들고 짜증날 땐 그런 방법으로 현실에서 도망가곤 하였다. 필요하다면 상대를 보고 웃으면서도 머리는 말갛게 비워두는 경지까지 이르렀기에 아무도 그니가 명순이가 되어있음을 알아채지 못했다. 이런 음흉한 비밀이 있는 줄도 모르고 사람들은 화낼 줄 모르고 잘 웃는 아이라고 말들을 한다.

그니에게는 언니가 둘 있었다. 큰언니는 한없이 착하지만 행동이 느리고 좀 아둔했다. 자식 욕심이 많은 아버지는 큰언니가 맘에 안 차서 자주 눈총을 주고 주눅 들게 했다. 아래로 두 딸은 무엇이든지 가르쳐주면 금방 알아듣고 공부도 잘하여 언제나 두 딸만 예뻐하였다. 중학교도 동생보다 못한 S여중을 다녔는데 그것도 아버지에게는 속이 상하는 일이었다. 무엇이든 비교를 하면서 다그치다 보니 날이 갈수록 큰언니는 더욱더 작아지고 자존감을 상실한 사람이 되어갔다. 모든 일을 동생과 비교하고 행동이 느리다고 꾸지람을 하니 정말 자신이 없어진 큰언니는 무엇이든 선뜻 나서지 못하는 얼간이가 되고 말았다.

어머니가 그니 밑으로 십 년이나 늦은 늦둥이 아들을 낳았다. 늦게까지 산후조리해 줄 사람이 없자 고등학교에 들어갈 나이인 언니가 방학을 틈타 시중을 들게 되었고 그러다 고등학교 입학 시기를 놓치고 말았다. 그 일도 아버님이 적극적으로 그 문제에 개입하지 않았기 때문에 일어난 불상사일게다. 그리하여 중학교 졸업생이 된 언니는 작아질 대로 작아진 상태로 어머니를 돕는 착한 아이가 되었고 그것이 가슴 아픈 어머니는 착한 딸이 아픈 손가락이 되어 평생 한이 되었다. 학교에서 돌아와 작아진 언니를 볼 때면 아버지가 원망스러워 갈등이 일어나곤 했지만 작은언니와 그니에게는 한없이 자상한 아버지였다. 그니는 그런 언니와 아버지를 보면서 아버지가 이해 안 될 때마다 명순이가 될 수밖에 없었고 혼자 서러워 우는 언니를 보며 가슴이 아파 또다시 명순이가 되곤 했다.

결혼하고 시집 식구를 거느리고 가난한 살림을 할 때도 그니에게는 명순이가 구세주였다. 시어머님의 한없는 넋두리와 흠담을 들을 때에도 한 마리의 하얀 나비가 되어 원하는 곳으로 훨훨 날아가기도 하고 FM 라디오를 틀어놓고 자신의 내면 깊은 곳으로 빠져들기도 하였다. 물론 적당히 추임새를 넣으며 대꾸도 하면서 말이다. 어려서부터 갈고 닦은 명순이의 효력이 이렇게 유용하게 쓰일 줄이야.

아무 때나 명순이가 될 수 있었기에 혼자만의 시간을 좋아하고 즐기는 사람이 되었다. 자신과 끝없는 대화를 하느라 특별할 것도 없는 세상을 미워하지 않아도 되기에 모든 일에 긍정적인 사람이 될 수 있었다. 그니는 지금도 명순이란 호칭에 거부감은커녕 오히려 즐기는 듯하다. 명순이가 되어 상상의 나래를 펴고 자기만의 여행을 하다 보면 나이도 잊은 채 무엇이든 다 할 수 있을 것만 같은 착각에 빠지기도 한다. 소설 속 이야기 속으로 빠져들어 시공을 넘나들기도 하고 꿈속에서도 그것을 이어 내 맘대로의 이야기를 만들기도 한다.

명순이 주변에는 말도 안 되는 낙서가 여기저기 산만하게 널부러져 있다. 어느 날은 그 낙서가 자극이 되어 글이 되기도 하고 추억 속으로 들어가는 열쇠가 되기도 한다. 때로는 머리를 하얗게 비운 진공상태로 몇 시간을 앉아 있기도 한다. 그것도 재주라면 재주이고 병이라면 병이리라. 아카시 꽃이 한창인 오월의 어느 날 착한 큰언니는 심장마비로 홀연히 떠났다. 누구에게나 존재 이유는 있다고 말들 하지만 나는 아직 큰언니를 데려간 주님의 뜻이 무엇인지 잘 알지 못한다. 어쩌면 사랑의 눈길이 얼마나 중요한지, 모든 대상을 있는 그대로의 모습으로 사랑할 줄 알아야 한다는 것을 깨우치려 함이 아닐까. 아버지뿐이 아니라 나도 큰 관심과 사랑을 주지 못하였음을 알기에 언니를 생각하면 지금도 가슴이 아리다.

아마도 그녀는 지금 멍순이가 되어, 아카시 향이 진동하는 의암호 강둑을 걷고 있는 듯하다. 어쩌면 어쭙잖은 순수로 머물렀던 큰언니의 속살에 닿고 싶은 건지도 모르겠다. 햇빛을 받아 반짝이는 물비늘이 바람에 실려오는 아카시 향을 만나 세상을 하얗게 씻어내고 있다. 뽀얀 꽃잎이 사르르 강가에 흩어지고 덤불 속에 숨어있던 꼬마 물떼새들이 여기저기 자리를 옮기며 행복한 노래를 부르고 있다. 재주이든 병이든 나는 멍순이로 있을 때 마냥 행복하다.

모래 위에 지은 사랑

✳

얼마 전 내가 아는 지인의 딸이 남편에게 이혼당하고 아들도 빼앗기고 반지하 월세방에서 산다는 소식을 들었다. 부유한 환경에서 부러울 것 없이 성장한 그녀는 피아노 공부를 위해 미국으로 유학하러 갔다가 사랑하는 사람을 만나 함께 돌아왔다. 결혼식 땐 무역회관 주변이 마비될 정도로 하객이 많았고 무슨 고관집 자제 못지않을 정도로 화려한 결혼식을 했다. 그런데 일 년이 못 돼 이혼하더니 이듬해 다시 재혼하여 아들도 하나 낳고 잘 산다는 소식을 들었다. 또다시 이런 소식을 듣고 놀라웠지만, 이 모든 것은 그녀의 어머니가 문제라는 생각을 떨칠수가 없다.

그녀의 어머니는 5~60년대 우리네 삶이 그러했듯이 힘들게 고등학교를 나오고 직장을 다니다가 지금의 남편을 만나 두 딸을 데리고 꽤 여유를 부리며 살았다. 자식들에게는 자기처럼 힘든 삶을 주지 않겠다는 일념으로 세상의 모든 것을 다 누리게 해 주는 것처럼 공을 들였다. 예고에 다니며 피아노 공부를 시키는데 매일 선생님을 집으로 모셔와 집에서 피아노 공부를 시켰다. 대학을 졸업하고는 미국 유학을 시키며 갖은 정성을 쏟았다. 물질적인 호강은 시켰지만 인간에게 가장 중요한 것이 무엇인지를 가르치지 않은 것이 문제였다.

그분을 별로 좋아하지 않았지만, 이런저런 인연으로 가끔 보게 되었는데 그녀의 과시욕은 정말 대단했다. 친구들 사이에서도 자기보다 소위 잘나간다는 친구는 맘 편히 못 보는 성격이었다. 그녀의 몸은 언제부턴가 명품으로 치장되고 잘 살지 못하는 오래된 친구를 자기 몸종 부리듯 하며 거들먹거렸다.

딸을 결혼시키고 나서 보니 최고로 키웠다는 딸보다 사위가 좀 부족한 듯하여 불평을 늘어놓더니 급기야는 아직 정이 남아있는 딸과 사위를 자기 손으로 이혼시켰다. 사돈집도 부유한 편이라 아들을 유학까지 보내며 기대가 컸지만, 사돈을 잘못 만난 관계로 일 년 만에 귀한 아들을 이혼남으로 만든 결과가 되었다. 그녀는 재주도 좋아서 곧바로 의사 사위로 재혼을 시켰다.

그녀의 어머니는 그렇게 억척을 떨며 살았는데 몇 해 전 말기 암이란 판정을 받았다. 벌어다 줄 줄만 알던 남편도 은퇴하였고 모든 것이 자기 뜻대로 될 줄 알았던 그녀는 졸지에 죽음을 앞에 둔 시한부 환자가 되었다. 명품으로 휘감으며 자기 원하는 대로 다 되는 줄 알았지만 죽음이란 문턱은 자기 마음대로 되는 것이 아니었다. 외적인 허영이 아무 쓸데 없다는 것을 깨달았을 땐 이미 시간이 얼마 남아있지 않았다. 그녀가 관리

하던 통장엔 꽤 많은 돈이 있어 남편과 딸들 명의로 각각 아파트를, 그리고 남편이 죽을 때까지 쓸 수 있는 통장도 남겨놓았다. 작은딸도 잘 살고 있었고 의사에게 재혼시킨 큰딸도 잘 살고 있다고 했다.

그분이 가고 오 년이 지난 지금 큰딸의 기막힌 소식을 접한 것이다. 더 황당한 것은 어머니가 주고 간 아파트와 통장도 다 날리고 이혼당한 초라한 모습으로 월세 지하 단칸방에서 산다는 것이었다. 어머니처럼 명품 병에 걸려 허구한 날 명품을 사들이다 어머니가 사준 아파트도 날리고 친정아버지의 아파트까지 다 날렸다고 한다.

재혼한 남편도 아내의 그 허영에 질려버렸고 그런 어미에게 아이를 맡길 수 없다며 어린 아들을 데리고 호주로 이민을 갔다고 한다. 아버지는 딸이 또 이혼하는 것을 막으려고 자기 아파트도 팔아가며 끝까지 하자는 대로 다 해 주다가 빈털터리가 되었다. 지금은 딸이 강제로 집어넣은 허름한 노인병원에서 말년을 보내고 있다고 했다.

어머니의 장례식장에서도 슬픈 기색도 없이 덤덤하던 딸들의 모습이 다시 떠올랐다. 그들은 이미 진정한 사랑이 무엇인지도 모르고 그저 물질에만 흠뻑 물들어 있었다.

사람에게서 사람다움을 뺀다면 짐승과 다름이 없다. 인간다움과 진정한 사랑이 무엇인지는 가르치지 않고 물질 만능만 가르친 결과이리라. 부족함 없이 키운다고 아이들이 필요한 것을 말하기도 전에 헤아려 보살핀 결과이다.

가족들과 대화할 시간이 부족하고 아침부터 저녁까지 밖으로만 내

몰리는 교육의 현실과 자존감을 심어줄 시간조차 부족한 지금의 아이들 모습이 안타깝다. 다행히 요즈음 인성교육의 중요성과 문학에 관한 관심의 폭이 넓어짐을 보며 새로운 기대감이 생긴다. 사랑의 마음을 품고 긍정적인 사고를 하는 아이로 키워준다면 우리의 앞날도 아름다워지리라.

그녀의 소식을 듣고 착잡한 마음으로 며칠을 보냈다. 누구보다도 잘 키워보겠다며 억척을 떨던 어머니의 잘못된 허영으로 하여 모두를 허망하게 했다. 딸들은 물론 사위들도 어쩌면 피해자라는 생각이 든다. 이글이글 타오르는 햇살이 '뫼르소*'를 살인자로 내몰았던 것처럼 어머니의 끝없는 허영이 모두를 나락으로 떨어뜨렸다. 기초가 없는 집이 쉽게 무너지듯 내면을 살찌우지 못한 사람은 가진 돈으로 하여 더 쉽게 무너지는 법이다. 진정한 사랑이 무엇인지 몰랐던 맹목적인 어머니의 사랑이 문제였다.

---

* 뫼르소 : 알베르 카뮈의 소설 『이방인』에 나오는 주인공 이름.

명청이처럼

- 모자란 듯 엉성하게

＊

급하게 뛰어가다 보도블록에서 꽝! 넘어지는 순간 큰일 났구나 했는데 어떻게 넘어졌는지도 모르겠고 아찔했다. 짧은 순간이었겠지만 무척 길게 느껴졌다. 얼굴 한편이 쓰리고 아팠다. 멀리서 아주머니 한 분이 어쩌나 하는 표정으로 쳐다보고 있었다. 주섬주섬 일어나 보니 안경알이 빠져 못쓰게 되고 청바지 무릎 부분도 구멍이 나 있었다. 이런 명청이 같으니.

좋아하는 곳에 가서 점심을 사주겠다는 남편의 전화를 받고 하던 일을 마무리하느라 늦게 집을 나선 것이 문제였다. 나뒹구는 모자를 집어 푹 눌러 쓰고 건널목을 건너는데 마주 오는 여인이 "얼굴에서 피가 나요." 한다. 근처의 약국으로 들어가 보니 왼쪽 눈 밑이 찢어져 피가 흐르고 있었다. 이마에도 커다란 혹이 나 있고 손이랑 무릎 등 여기저기가 까지고 상처나서 가관이었다. 약사가 급히 소독을 하고는 꿰맬 정도는 아니니 이 테이프를 붙이면 상처도 낫고 흉도 덜 생길 거라며 테이프를 붙여준다. 꼴골을 보니 가관이라 우습기도 하고 창피하기도 했다. "이게 무슨 주책이람." 중얼거리며 약국을 나왔다.

말로만 듣던 넘어지는 사고를 내가 내다니 어처구니가 없었다. 더군다나 대로에서 머리부터 박은 사고라니. 이마에 종지만 한 혹이 도드라지게 올라와 앉았다. 하루가 지나면 시퍼렇게 멍들 텐데 어쩌나 싶었다. 약사가 멍 안드는 약이라며 바르는 약도 하나 주었다. 아침에 일어나니 여기저기가 쑤셨지만 남편의 한바탕 걱정이 쏟아지는 것이 싫어 말도 못하고 끙끙댔다. 다행히 어제 바른 약이 효과가 있는지 신통하게도 혹 난 부분이 멍들지 않았다. 상처도 낫고 흉터도 안 생기는 테잎이 있는가 하면 멍 안 드는 약도 있으니 참 좋은 세상이다.

넘어져 다쳤다는 전화를 받고 가까이 사는 언니가 놀라서 달려왔다. 그러고 보면 언니는 나보다 사고 경력이 더 화려하다. 오래전 가락시장에서 넘어져 크게 다쳤는가 하면 집에서 정문 앞 돌계단을 내려오다 발을 헛디며 발목이 돌아가는 사고로 일 년간 철심을 박기도 했다. 작년 가을엔 아파트 주차장에서 문을 열고 나오다 뒷바퀴 고정대에 걸려 넘어져 팔에 또 철심을 박았다. 자매가 사고 낸 얘기를 하며 깔깔거리는 것을 본 남편이 어이없다고 웃으며 두 자매가 왜 잘 넘어지는지 연구를 해봐야겠단다. 직장에서는 야무지고 꼼꼼하게 일 잘한다는 평을 들었지만 사실 남이 생각하는 것보다 덤벙대고 실수도 잘한다. 이번 사고도 조금만 조심했으면 될 일을 급하게 덤벙댄 것이 문제였다.

오랫동안 많은 일을 처리하느라 긴장하며 살아서인지 시간이 갈수록 부족한 듯 엉성한 것이 좋아진다. 몸도 따라주지 않지만 무리하며 살고 싶지 않아 약속도 하루에 한 가지 이상은 잡지 않는다. 엉성한 것이 이런 부주의와 실수로 이어지면 안 되겠지만 그래도 나는 완벽한 사람보다는 모자란 듯 엉성한 사람이 좋다.

사고가 나고 반년이 되었지만 그날의 흔적은 여기저기에 남아있다. 이마에 생긴 혹은 아직도 조금 볼록 나와 있고 눈 밑에 찢어졌던 부분은 햇빛으로 기미 같은 검은 흔적을 남겼다. 내가 제일 편안해하던 찢어진 청바지는 수선집에서 누벼 와 지금도 입고 다닌다. 일부러 찢어 너덜거리는 것을 입는 사람도 많은데 누빈 것 정도야 어떠랴. 이번 사건도 나의 부주의가 문제였지만 그렇다고 앞으로 다시 긴장하며 실수 없이 살고 싶은 마음은 없다. 남을 의식하지 않는 나는 영악한 세상에서 멍청이처럼 조금 모자란 듯 엉성하게 사는 것이 마냥 편하다.

묵은 감자를 깎으며

＊

　　겨울이 되면 무척 비싸질 것을 생각해서 감자를 한 상자나 주문하여 놓고 겨우내 먹었다. 이제 겨울의 막바지에 이르니 얼마 남지 않은 감자에서 싹이 나며 군데군데 파래지기도 한다. 감자 싹에는 독이 있기에 서둘러 없애야겠다고 마음먹고 남은 감자를 전부 가지고 들어와 깎기 시작했다. 감자를 집어 감자 칼로 쓱 문지르는데 할머니 뱃가죽처럼 탄력이 없어진 감자에 칼이 잘 나가질 않는다. 할 수 없이 감자 깎는 칼을 내려놓고 과일칼을 가져와 껍질을 벗긴다. 제철 감자처럼 탱탱하지는 않지만 한 꺼풀 벗겨내니 속살이 뽀얗다.

　엄마를 껴안고 잠이 들던 철 없던 어린 시절, 이불 속에서 만지작거리던 어머니의 뽀얀 속살은 햇과일처럼 싱싱하고 탄력이 있었다. 만지기만 하여도 마음이 따뜻해지고 푸근해지는가 하면 어머니를 껴안고 있으면 아무것도 두려울 것이 없었다. 어머니의 가슴은 어린아이의 우주이고 전부였다. 그러던 우주가 세월의 무게에 눌려 금이 가기 시작했다. 뽀

얇던 속살 안에 못된 세포가 들어섰다.

　대장암 말기인 어머니를 병원에서는 수술하자고 하였다. 다른 부위가 아니고 대장이니까 수술해서 잘라버리자는 것이다. 심장이 무척 약해서 수술하다가 돌아가실 확률도 매우 높지만 병원에서 할 수 있는 일은 수술하는 것뿐이라고 했다. 식구들은 쉽게 결단할 수가 없었다. 수술하다가 당장 돌아가실 수도 있을 뿐 아니라 수술을 하면 방사선 치료를 받으며 계속 누워서 환자로 지내야 할 것이 뻔하기 때문이다. 남은 생을 환자로 고생하면서 수명을 연장하는 것이 더 행복한 것인지 돌아가실 때까지라도 하고 싶은 일을 하면서 가족과 함께하는 것이 행복한 것인지를 판단하기 어려웠다. 의사에게 당신 어머님이라면 어떻게 하겠느냐고 했더니 말을 못하는 것이었다. 이럴 경우 자식 된 도리로 최선을 다한다는 생각으로 무조건 병원 말을 따라 수술하는 경우가 대부분이다. 그렇지만 그것은 환자 편에 서서 생각하는 것이라기보다 자식들 스스로의 위안일 수도 있다는 생각이 들었다. 고민 끝에 우리는 수술을 하지 않기로 했다.

　퇴원 후 아직 암이라는 것을 모르는 어머님을 차에 모시고 여기저기 여러 곳을 돌아다녔다. 조금만 흔들려도 아파하면서도 밖으로 공기 쐬는 것을 무척 좋아하셨다. 다니다가 힘들면 쉬면서 먼 곳은 못가더라도 가능한 많은 곳을 모시고 다녔다. 2년여가 흐르고 마지막 몇 달간을 우리 집에 모신 적이 있었다. 곱고 탄력 있던 어머니는 세월의 무게만큼 주름진 모습이 되었지만 그래도 나이에 비해 훨씬 고운 편이었다. 언성 한 번 높이지 않고 항상 조근조근 작은 소리로 말씀하시던 어머니는 말년엔 통증으로 많이 힘들어하셨다. 어느 날 통증으로 긴장이 되어있는 근육을 풀어보려고 어머니를 주무르던 나는, 작아진 몸을 덮고 있는 탄력 없는 뱃가죽을 몸으로 느끼며 수분이 말라 쭈그러진 감자가 될 때까지 무심했던 나를 탓하며 속울음을 삼켰다.

어머니의 삶은 언제나 감사, 그 자체였다. 하나님을 믿는 크리스천이어서도 그렇지만 소소한 일상에서도 감탄사가 나오고 감사가 나왔다. 언제나 긍정적이고 밝은 어머님은 작은 새소리를 들으면서도 행복해하고 길가에 피어있는 예쁘지도 않은 들꽃을 보면서도 감탄사를 터트리곤 했다. "예쁘구나, 어쩜, 이렇게 고울 수가, 참 잘했다." 하며 관심과 칭찬을 쏟아 놓으셨다. 그런 어머님을 보며 이런 감탄사를 들을 날이 그리 많지 않음이 너무나 안타까웠다. 계절을 바꾸어 피어나는 꽃들을 보며 이 꽃들을 어머님이 다시 볼 수 있을까 생각하며, 나 또한 마지막 생을 사는 자의 심정으로 그해를 보냈다. 어머님은 원래 피부가 하얀 분이었다. 병들어 힘들고 지쳐있을 때에도 곱게 늙은 어머님의 얼굴은 환자답지 않게 정갈했다. 살아갈 날이 얼마 남지 않았다는 것을 알았을 때에도 부모를 보내는 자식들이 고생하지 않도록 따뜻한 계절에 불러주시기를 하나님께 빌었다. 그리고 소원대로 꽃이 만발하고 녹음이 우거진 늦여름에 가셨다.

뽀얀 어머님의 속살 같은 감자가 한 바가지나 되었다. 수분이 말라 쪼그라질 때까지 무심했던 감자를, 비닐로 봉하여 냉장고에 넣는다. 오늘은 양파와 감자를 많이 넣고 찌개도 끓이고 감자전도 부쳐야겠다고 생각하며 양파를 가져다 까기 시작한다. 껍질을 한 꺼풀 벗길 때마다 감사와 찬양이 굴러다닐 것 같아 두리번거린다. 한 꺼풀 한 꺼풀 벗겨질 때마다 알싸한 매운 내음이 공기 속으로 흩어지고 쌓이는 분량만큼 그들의 아린 맛이 나의 눈물샘을 자극한다. 눈물 속에 감자의 하얀 속살이 어머님의 모습이 되어 아른거린다.

불볕더위

지금 한반도는 불가마 중. 밤에도 식지 않는 열대야가 열흘 이상 진행 중이다. 창밖으론 38도를 돌돌 말아 수직으로 내리꽂는 불화살들이 사방으로 튀어 나가며 온 나라를 달군다. 고속도로가 열에 들떠 갈라졌고 철로가 열을 받아 저속으로 달린다. 햇볕에 덴 바람이 아스팔트 위에서 아지랑이로 피어오른다. 이웃 나라 일본은 우리보다 더 더워 사망자도 많이 생겼다는데 우리나라도 별반 다르지 않다. 다행히 크고 작은 태풍이 일본과 중국으로 가서 큰 피해는 면했지만 일찍 끝난 태풍의 자리에 불볕더위가 대신 자리 잡았다. 111년 만의 더위라나, 수은주가 40도를 넘보며 오르내린다.

열악한 환경에 놓인 노인들이 불볕더위에 지쳐가고 채소가 물 부족으로 성장을 멈췄다. 농축산물 값이 폭등하고 온열 환자와 사망자도 속출하고 있다. 폭염을 재난범주에 넣어야 한다는 보도가 나오는 중이다. 노트북을 챙겨 집 근처의 카페를 찾았다. 요즘 카페나 도서관은 아침부터 피서 나온 사람들로 가득하다. 집에서 종일 에어컨을 켜느니 분위기 좋고 사람 냄새나는 도서관이나 카페가 더위를 피하기는 제격이다. 카페는 연인들의 속삭임과 함께 책 읽는 사람과 노트북 족으로 가득하다.

카페의 안과 밖은 천국과 지옥이다. 38도와 27도의 간극에서 두 얼굴을 본다. 이렇게 더운 날은 무언가에 몰입하는 것도 한 방법이다. 촉촉이 가슴을 적시는 소울풍의 노래를 들으며 좋아하는 책에 빠지다 보면 어느덧 저문 하루가 다가와 안긴다. 오랜 병마도 이 시간만큼은 잠잠하다. 책은 시공간을 넘나들며 부족한 면을 찾아 채워주고 나도 귀중한 '나'임을 일깨워 준다. 장자끄 상뻬는 '우리는 고독하지만 친구가 있어 균형을 잡고 멀리 갈 수 있다.'라고 했는데 책은 나에게 그런 좋은 친구와 다름없다.

카페 안 27도에 앉아 책을 보다 잠깐 노트북 속의 현재를 본다. 열기로 가득한 천막 안에서 목숨을 담보로 변화를 외치는 노승이 있는가 하면 약자와 소외된 사람들을 위해 바른길로 걸어가던 한 정치인이 잘못된 선택을 인정하고 목숨을 버렸다는 비보가 날아든다. 아무것도 창조하지 않으면서 훈수와 비평만 일삼는 대다수 무리에 나도 들어가 있음을 본다. 현실 너머의 무엇을 찾기 위해 애쓰는 그런 사람들 덕분에 지금의 현재가 있을 것이다. 돈과 권력이 손을 잡고 양과 음의 그림자로 얼룩지는 세상은 과거로부터 지금까지 늘 현재진행형이다.

불가마 속에서도 생존을 위해 애쓰는 사람들이 도처에 있지만, 정작 칼자루를 쥔 자들은 외유하며 방관하는 현실이 우리를 더 덥게 한다. 그런 가운데서도 틈새로 삐져나오는 바람 한 줌으로 희망에 부풀고, 그리하면서도 한 발짝씩 앞으로 나아가고 있다는 긍정적인 마음을 가지고 내일을 꿈꾸려 한다. 굴러떨어지는 돌을 따라 내려오는 시시포스에게는 노동의 아픔보다 언제 끝날지 모르는 기약 없음이 더 혹독한 벌이었다. 젊은이들의 막막하고 버거운 현실은 언제까지라도 이어질 것 같은 폭염을 닮았다. 불볕더위가 빨리 물러가고 그들의 가슴에도 시원한 바람이 불었으면 좋겠다.

카페로 오는 길목에서 한 무리의 지렁이가 죽어있는 것을 보았다. 축축한 땅속을 나와 왜 뜨거운 보도 위에서 말라 죽었을까. 물음표를 던지며 견뎌내지 못한 자와 살아남은 자를 생각한다. 살아남기 위해서는 어떤 환경에서도 견뎌낼 수 있는 강인함을 길러야겠다. 강인함은 곧 힘이고 저력이기 때문이다. 지금 한반도는 폭염 중이다. 한밤중에도 냉방을 켜야 하는 이 희대의 열대야는 언제쯤 물러가려나. 들끓는 창밖을 바라보다 말발굽 소리로 달려와 시골집 비닐하우스를 때리던 우레 비가 생각났다. 퍼붓고 지나가는 그런 비라도 한차례 내려, 나라 안팎의 어려운 문제와 폭염을 쓸고 가서 잠시라도 마음이 좀 후련해졌으면 좋겠다.

비로소

＊

어느 날 남편과 함께 오래되고 제법 소문이 나 있는 한옥 보리밥집을 찾았다. 밥집 주인은 시골 사람도 아니고 도시 사람도 아닌 어중띤 우리 부부를 단번에 알아보고는 텃밭에 무엇을 심었느냐고 묻는다. 우리는 고추도, 토마토도 이십여 개씩 심었다며 자랑스레 말을 했다. 그분은 빙그레 웃으시며 그렇게 많이 심어 무엇할 거냐며 종류마다 서너 개씩만 심으면 알맞다 하셨다.

처음 시골로 내려올 때만 해도 기대도 크고 하고 싶은 것도 많았다. 정원에는 잡풀 하나 보이지 않았고 갖가지 꽃들이 눈을 즐겁게 했다. 꽃들이 늘어날수록 도심에서 놀러 오는 사람을 위해 갖가지 정원용품과 그릇들도 풍성하게 장만했다. 땅에는 무어라도 심어야 하는 줄 알고 텃밭에는 쌈 채소며 오이, 가지, 고추, 토마토 등 빈 땅이 보이지 않을 만큼 욕심껏 심었다.

처음엔 우리를 보러오는 많은 분에게 유기농 채소를 한껏 안겨 보내며 즐거워했다. 그런데 그게 아니었다. 모든 것이 익을 때는 한꺼번에 다 익어 누가 오지 않으면 미처 거둘 수도 없었다. 그렇다고 익어서 떨어지는 것을 그냥 못 본체 놔둘 수도 없어 우리는 매일 밖에서 해가 지도록 일하고 일했다. 그뿐인가. 정원에서 피는 꽃도 손이 가지 않으면 금세 토라져 티를 내곤 한다. 반기지 않는 잡초는 또 어떻고. 그래도 그때는 계절 따라 열리는 푸성귀와 예쁘게 피어나는 꽃들 보는 재미로 힘든 줄도 몰랐다.

시골 사람들은 새벽에 일을 시작하여 더워지기 전에 손을 놓고 한낮에는 아무 일도 하지 않는데 도시에서 온 시골 무지렁이들은 하던 일은 마무리해야만 직성이 풀리는 듯 낑낑대며 한낮에도 쉬지도 못하는 바보스러움이 있다. 시골 생활 3년이면 촌사람 다 된다 하더니 나도 이젠 시골 사람이 다 되었는가 보다. 꽃이나 결실을 탐하기보다 흙냄새 자체를 즐길 줄 알게 되었다. 텃밭에도 욕심부리지 않고 필요한 만큼만 심었다. 오랜 시간을 보내고 나서야 비로소 단순하게 사는 법을 터득한 것이다.

오늘도 조그만 바구니를 들고 텃밭에 가서 시금치 조금, 쌈 채소 조금, 호박 한 개를 따다가 조촐한 밥상을 차렸다. 예전 같으면 시금치도 다 자랐으니 한꺼번에 다 뽑아 우리 먹을 만큼만 내놓고는 누구 준다고 고르고 다듬어 상자에 담고 낑낑대며 날라다 주느라 수선을 떨었을 것이다.

이젠, 아무리 다 익어 뭉그러질망정 오늘 식탁에 오를 만큼만 가져온다. 찾아오는 사람이 있으면 함께 즐기고 아니면 못 본 체한다. 잔디에 잡초가 무성해도 그냥 내버려 두었다가 가끔 잔디 깎기로 깎아주면 그만이다. 그리하여 나를 위한 시간을 벌었고 생활도 훨씬 단조로워졌다. 시골 자체를 즐기며 스스로 자처한 속박에서 비로소 자유로워진 것이다.

단순하게 산다는 것은 외형적으로 무엇을 정리하거나 줄이는 것으로 생각하기 쉽다. 그러나 진정 단순하게 산다는 것은 모든 것에서 필요한 만큼만 취하며 마음의 여유, 시간의 여유를 즐길 줄 아는 것이라 생각된다. 사는 데 필요한 것은 정말 조금이면 되는 것을 스스로 욕심부리며 자신을 속박하며 살았다. 제 할 일 다 한 후 바람에게 까지도 자기 무게를 짐 지우지 않으려 깃털처럼 날아다니는 민들레 씨앗처럼 말년이 그렇게 가벼울 수 있다면 얼마나 좋을까. 단순한 삶에 자유와 여유가 있고 쉼이 있음을, 오랜 시간을 돌아와서야 비로소 깨닫는 미련함을 보인다.

봄의 소리

✳

　　소나무를 쪼아대는 딱따구리 소리에 끌려 밖으로 나왔다가 봉긋이 올라온 붉은 흙더미를 보았다. 그것은 마치 오븐에서 구워지는 쿠키처럼 부풀어 오른 채 갈라져 있었다. 갈라진 틈 사이로 데워진 공기가 풍선처럼 탱탱하다. 손가락으로 흙을 살짝 무너뜨렸다. 조그만 무엇이 꿈틀대리라 기대했는데 놀랍게도 손톱만큼 작은 연둣빛 새싹이 실눈을 뜬 채 나를 쳐다보고 있는 게 아닌가. 순간 저 스스로 알아서 세상 밖으로 나올 시기를 재고 있다가 성급한 나의 행동에 무척 당황했으리란 생각이 들어 얼른 흙을 덮어 주었다. 며칠간 불어오던 따뜻한 남풍이 까치발을 하고 기다리는 새싹들의 등을 힘주어 밀어 올리나 보다. 봄의 소리가 들리기 시작하면 돋아나는 싱그러운 생명을 보며 새로운 꿈을 꾼다. 설레는 마음으로 다가오는 내일을 향한 희망을 말한다.

　여기저기 삭은 낙엽 밑에서도 촉촉한 봄이 하얀 입김을 내뱉으며 숨 쉬고 있다. 여린 싹들이 키 재기하며 눈만 내놓고 밖의 동정을 살피고 있고 바로 옆 백합 자리에도 동그랗고 조그만 새끼 알뿌리들이 올망졸망 올라오는 모습이 보인다. 이들의 집요하고 강한 생명력은 어디서 오는 것일까? 얼어붙은 땅속에서 숨죽이며 기다렸을 그들의 긴 여정이 눈물겹다. 땅속 깊은 곳에서 때맞추어 기지개 켜는 자연의 모습은 언제 보아도 경이롭고 신비하다.

희망은 준비된 자에게만 이루어진다고 했던가. 남에게 기댈 생각도 않고 봄이 오리란 것을 의심하지도 않으며 말없이 힘을 길러냈기에 눈으로 다져진 단단한 흙도 뚫고 나올 수 있었으리라. 칼바람이 들이쳐도 투덜댈 줄도 모르고 주어진 환경에서 자기의 할 일만을 고집한 그들의 태도가, 따스한 곳에서 안주하며 이룬 것 없는 나 자신을 또다시 부끄럽게 한다. 해마다 반복되는 일이지만 봄의 길목에 서면 이 작은 생명으로부터 새로운 힘을 얻는다.

봄은 저만치서 걸어오며 신호를 보내고 있었나 보다. 자연은 그들의 소리를 잘도 알아듣고 나름대로 봄 맞을 준비를 벌써부터 하고 있는데 미련한 빌딩 숲의 인간들만이 꽃이 피고 새싹이 돋아야 그제야 봄이 왔노라 호들갑을 떤다. 머지않아 따뜻한 봄바람이 꽃향기로 피어오를 것을 생각하니 마음이 따뜻하고 포근해진다. 고개를 들어 나무를 본다. 가지 끝마다 꽃눈이 몽실몽실 부풀어있다. 따뜻해진 봄 햇살로 몸피를 늘린 공기가 하늘을 오르며 가지마다 톡톡 건드려 깨우고 있다. 햇살을 받아 점점 더 탱탱해진 봄바람은 개나리, 매화, 벚꽃을 폭죽 터트리듯 한꺼번에 폭발시킬 것이다. 봄의 길목은 조금씩 소리도 없이 조신하여 도시인의 눈에는 잘 띄지 않는다.

봄의 알싸한 내음을 따라 천천히 걷노라면 마당 한쪽 양지바른 곳에서 봄 내음을 폴폴 날리며 떼 지어 올라오고 있는 한 무리의 달래를 만날 수 있다. 주변을 살펴보니 어린 냉이도 조금씩 보인다. 오늘 점심엔 달래 무침과 냉이 된장찌개로 봄을 한껏 누려보아야겠다. 해마다 이렇게 식탁에서부터 봄을 먼저 맞이할 수 있음은 시골에서 사는 자만이 누릴 수 있는 축복이다. 어쩌면 논두렁, 밭두렁을 기웃거리며 나물 캐는 동네 어르신들의 정겨운 모습도 볼 수 있지 않을까 하여 눈은 자꾸만 먼 데를 본다.

한낮이 지나자 는개비가 내리기 시작한다. 내일이면 비를 맞은 어린 싹들이 밤사이에 훌쩍 자라 얼굴을 쑥 내밀 것 같다. 갑자기 나의 몸에도 봄물이 오르는 듯하여 여기저기 둘러보며 탄성을 질렀다. 나도 이들의 일부가 되어 머리에서도 팔에서도 파릇파릇 새잎이 돋아나고, 발밑에서부터 싱그러운 봄물이 타고 올라 새로워진다면 얼마나 좋을까 하는 엉뚱한 생각을 해본다.

봄이 오는 길목에는 설레임과 기다림이 굴러다니고 그리움과 희망이 배어 나온다. 상큼한 생명이 꿈틀거리고 꿈의 아지랑이가 피어오른다. 다시금 어려움이 앞을 가리더라도 긴 기다림 속에 봄을 맞는 그들처럼 새로운 내일을 위해 힘을 기르리라. 두 팔을 벌리고 촉촉한 봄 내음을 한껏 들이마신다. 나도 자연의 하나가 되어 연둣빛 생명을 다독여주는 그들의 햇살이고 싶고 봄꽃으로 안내할 따뜻한 바람이고 싶다. 나는 지금 여린 잎을 달고 오는 봄의 소리를 들으며 설레는 마음으로 내일을 꿈꾼다.

잃어버린 것에 대하여

✳

해와 달이 더위를 품었다 뱉었다 하며 줄다리기하더니 따가운 햇볕이 어느새 곡식을 여물게 하고 푸른 하늘을 바람이 들어 올렸다. 뒷산에 오르면 또르르 도토리 구르고 여기저기 알밤 떨어지는 소리가 오감을 즐겁게 한다. 해마다 추석을 앞둔 이맘때가 되면 몸과 마음이 바쁘던 때가 있었다.

십여 년간 시어머님을 모시면서 명절 때면 으레 차례와 명절 준비로 일주일 전부터 재래시장을 돌았다. 추석 전날엔 쌀 한 말을 빻아다 송편 빚느라 정신이 없었고 전 부치고 토란국 끓이고 각종 나물을 준비하느라 밤늦게까지 잠을 못 이뤘다.

그날엔 조카들을 위하여 미리 준비해 놓은 선물도 나누고 묵혀 둔 이야기를 나누며 각자 바쁜 생활 속에서 쌓인 피곤함을 잠시나마 내려놓곤 했다. 그날은 웅성거림을 지켜보는 어머님도 덩달아 기쁘신 날이다. 차례를 끝내면 소사(지금의 부천)에 계신 아버님 산소를 찾아가 성묘하고, 돌아올 때는 밤도 주우며 모처럼의 온 가족 나들이를 즐겼다. 많은 식구 음식 준비로 힘들기는 했지만 어머님과 함께여서 재미도 있었다. 명절은 제사를 위한 모임이기 이전에 가족의 우애와 결속을 위한 만남의 장이기도 하다.

웅성거리던 명절의 분위기는 어머님이 큰아들 집으로 가시면서 달라졌다. 나물과 전 등 손이 가는 음식은 아래 동서와 내가 다 해갔지만 모이는 것을 싫어하는 큰동서로 하여 자연스레 모든 것이 형식적인 절차가 되어버렸다. 일주일 전부터 장을 보시던 어머님은 전날에야 약소하게 장을 보시게 되었고 송편도 떡집에서 조금 사 오다 보니 헤어질 때 한 보따리씩 안겨주던 음식 보따리도 자연스레 없어졌다. 아침부터 늦게까지 이야기꽃을 피우던 명절이 시간 맞춰 갔다가 차례 끝나면 적당히 일어나는 냉랭한 분위기가 되었다.

어머님이 돌아가시고 나니 큰동서가 제사를 아예 지내지 않겠다고 선언했다. 시누이들은 친정이 없어진 꼴이 되었고 구심점을 잃은 식구들은 어쩔 수 없이 각자의 집에서 각자의 방식대로 명절을 보내게 되었다. 온 가족이 한자리에 모여 음식을 나눌 기회가 사라져 버린 것이다. 우리는 기독교식으로, 아래 동서는 천주교식으로 제각각의 방식으로 차례를 지낸다. 그러다 보니 큰집과는 자연스레 소원하게 되었다. 명절의 의미가 사라진 것이다.

어머님과 다니던 추석 전의 재래시장은 정말 굉장했다. 상점마다 햇곡식과 과일들이 넘쳐났고 난전에도 사람들로 흥청거려 명절 분위기가 온

몸으로 느껴지곤 했다. 시장은 생동감 넘치고 재미있는 일들로 가득했다. 한 귀퉁이에선 가위질 소리와 함께 구성지면서도 신나는 가락의 품바가 흥을 돋우고 대목 보려는 장사치들의 외침이 떠들썩했다. 아마도 어머님과 나는 풍성함과 해학이 넘치는 그런 분위기가 좋아 재래시장을 빙빙 돌며 시장 자체를 즐겼던 것 같다.

요사이 명절 모습은 우리 집만 변한 것이 아니다. 시장도 변했다. 떡쌀을 들고 방앗간에서 줄 서던 모습은 사라지고 언제부턴가 백화점으로, 대형할인점으로 장을 보러 다닌다. 해학 넘치던 재래시장의 옛 모습은 찾아보기 힘들어졌다.

추석이 돌아오면 그 시절 떠들썩하던 재래시장이 떠오르고 밤늦도록 송편 빚으며 힘들어하던 모습과 온 가족의 푸짐한 밥상이 떠오른다. 자식들이 직장 따라 모두 외국에 나가 있는 우리는 둘만 덩그러니 앉아 떡집에서 사 온 송편을 먹으며 매스컴의 명절을 훔쳐본다. 화면에서는 고속도로의 귀성 인파와 여행 가는 사람들로 공항이 마비 상태다. 달빛 아래 흔들리는 감나무 잎과 둥근 보름달만이 한가위임을 피부로 실감케 해준다. 이런 날이면 밥상머리에서 웃고 떠들던 잃어버린 필름 한 컷이 그리워진다.

사랑 한 짐을 싣는다

✳

각별했던 스승의 부음을 듣고 서울대병원 장례식장으로 달려갔다. 올라가는 길에 만난 바람은 낙엽을 머나먼 곳으로 날려 보낸다. 멀어지는 나뭇잎을 보며 장례식장 안으로 들어갔다. "자네 왔는가?" 하며 웃으시는 모습 앞에 하얀 국화 한 송이를 내려놓으며 은사님이 평소 늘 믿으시던 하나님께 영혼을 부탁드렸다. 장례식장은 떠나는 자와 보내는 자가 마지막으로 인사하는 자리이다. 육신을 버리고 돌아가는 결별의 장소이며 남겨진 자들이 서로 보듬으며 애틋한 마음을 나누는 위로의 장소이기도 하다.

장례식장은 무언가 빠진 듯 허전하고 냉랭했다. 검은 액자 속에서 마른 잎사귀처럼 여윈 얼굴 하나가 편안하고 푸근한 미소를 짓고 있을 뿐이다. 식솔을 두고 홀로 남하하여 끝까지 가정을 꾸리지 않았기에 자손이 없는 장례식장에는 낯선 조카 한 사람이 상주로 나와 조문객을 맞고 있었다. 모르는 상주와 모르는 객은 어딘지 어색했다. 영정사진만이 친숙한 얼굴일 뿐 상주 쪽 누구와도 말을 섞을 사람이 없었다. 가까이에 살면서 오랫동안 살림을 거들던 분이 그나마 낯익은 얼굴이었다.

　은사님은 장로로 봉사하며 교계에서도 큰 인물이셨는데 남몰래 어려운 아이들의 학비를 지원하며 인재도 많이 길러내셨다. 장학회도 운영하며 가진 것 다 내어주고 정작 본인은 마른 잎사귀가 되어 돌아가셨다. 오늘의 장례식은 수년 전 시어머님의 장례식과는 너무나 대조적이다. 어머님은 사회적으로는 내놓을 것이 하나도 없는 평범한 분이셨지만 자식이 여럿이고 크게 성공한 아들이 있었기에 얼마나 번듯하고 훌륭한 장례를 치렀던가. 다음날은 어제도 없던 상주가 여섯으로 불어나 있었다. 찾아오는 조문객이 많았기에 이름도 모르는 상주들이 튀어나와 서로 엉키고 있는 듯했다. 씨앗을 못 맺은 누런 잎사귀의 비애(悲哀)다. 졸아든 체구에 편안한 얼굴의 영정사진과는 달리 친자가 없는 장례식장은 마지막 날까지 헛헛하고 쓸쓸했다.

　서글픈 마음으로 돌아오다가 얼마 전 보았던 모 TV에서 방영한 〈눈이 부시게〉란 드라마 생각이 났다. 그 드라마 속에, 노인복지관에서 제법 여유가 있고 곱게 늙었다고 여기던 할머니 한 분이 투신자살하는 사건이 나온다. 남편과 사별 후 살던 아파트를 팔아 아들에게 주었는데 미국으로 건너간 아들이 어머니와 소식을 끊어 버렸다. 오매불망 아들의 소식만 기다리던 할머니에게 어느 날 아들이 같은 서울 안에 산다는 소식이 전해진다. 물어물어 찾아간 아들의 입에서 나온 첫 말이 "어떻게 알고 오셨어요?"이다. 아들은 어미를 집으로 들이지도 않고 아파트 단지 내 정자에서 짧은 대화를 나누다가 자기 아들 목욕시킬 시간이라며 손주 한 번 보여달라는 어머니의 말을 무시해버리고 돌려보낸다.

며칠 후 투신한 할머니의 모습이 TV로 방영되지만 끝내 아들이 나타나지 않아 상주 없는 장례식을 치르다가 마지막 날 상이 나갈 때쯤 조문객처럼 나타나는 아들의 모습이 나온다. 부모에 대한 자식들의 사랑이 예전 같지 않은 요즘 세태를 반영한 것이지만 노부모에 대한 대책 없음이 안타깝기만 하다. 풍족하게 살며 받기만 하던 아이들이기에 줄 줄은 모르고 인색한 건지 모르겠다. 100세 시대의 또 다른 단면이 보이는 것 같아 가슴이 먹먹해진다. 자식을 낳지 않거나 하나만 낳는 것이 대세인 세상이다. 가까운 미래에는 전혀 낯설지 않을 이런 모습이 젊은이들의 눈에는 어떻게 비칠지 궁금하다. 장례식장에서 보이는 빛바랜 사랑에도 이런 요소가 포함되어 있는 건 아닐까.

핵가족화가 되면서 친척들과의 왕래도 적어졌고 외국에 있는 자녀는 상을 당해도 바로 달려오지 못하니 장례식도 전문회사에 의뢰하는 세상이 되었다. 사정상 오지 못하는 사람은 계좌로 조의금을 부치고 문자로 조의를 표해도 부족함이 없다. 얼마 전 지인 한 분한테서 메시지가 날아왔다. 어느 어느 날 부인이 갑자기 쓰러져 간단히 종교의식을 치른 후 화장했음을 정중하게 알린다는 문자였다. 신선한 충격이었다. 이러한 장례식도 있구나 하며 변화하는 장례문화를 실감했다.

장례문화가 변하는 것은 시대의 흐름이지만 이별의 장소에서 떠나는 자에게 대하는 마음마저 얄팍해짐을 보는 것은 아직도 낯설고 불편하다. 생이 끊어짐과 동시에 계산기만 남고 관계도 단절되는 것 같아 안타깝다. 그러나 아직은 그런 모습이 많지 않기에 훈훈함이 예전의 모습으로 회복되리라는 희망을 걸어본다. 이별하는 장소와 형식이 중요한 것이 아니라 고인을 향한 애잔함과 사랑이 더 절실하다. 무심히 하늘을 올려다보다 마른 잎으로 돌아가는 은사님의 모습을 생각하며 날아가는 마른 잎 위에 사랑 한 짐을 싣는다.

성질이 다른 기름과 불이지만 그 가운데에 사랑이라는 심지가 박혀있기에 서로를 태우면서 자식도 키워내고 주변에 불을 밝히면서 살 수 있는 것이다. 심지가 없다면 초는 초가 될 수 없고 촛불이 타다가도 심지에서 불이 꺼지면 그 또한 촛불이 될 수 없다. 심지에 불이 타고 있을 때 주변이 환해지고 분위기도 좋아지며 집안이 평안해지는 것이다

- 「촛불」 중에서

3부   소나기
      단상

산으로 간 고등어

✳

    개울을 사이에 끼고 분당과 경계에 있는 고기리로 차를 몰았다. 10여 년 전만 해도 시골이나 다름없던 이곳에 고급 음식점이 들어서면서 이제는 유명 음식점 거리가 되었다. 대부분의 한정식집은 옛 모습을 살려 굵은 나무가 그대로인 시골스런 풍경으로 어느 멋진 야외에서 식사하는 기분을 느끼게 한다. 글의 제목만큼이나 상호도 중요한 시대가 되었다. 끊임없이 변하는 사람들의 욕구를 충족시키는 노력이 죽어있는 거리를 살아있는 거리로 만들고 관광지로 만든다. 나는 오늘 이름도 특이한 '산으로 간 고등어'집으로 향했다.

  긴 여행에서 돌아온 언니가 고등어를 좋아하는 우리 부부를 위해 그 집으로 가자고 했다. 즐비하게 늘어선 음식가 중에서도 11시가 조금 지나면 벌써 긴 줄이 늘어서는 그 집은 일대에서도 꽤 알려진 집이다. 피자집 화덕보다 더 큰 화덕에서 직화로 구워 나오기에 그런지 냄새도 안 나고 윤기가 자르르 흐르는 게 여간 맛깔스럽지 않다. 그 거리는 음식점

수 만큼이나 번듯한 카페도 많이 들어섰는데 신기한 것은 그 많은 음식점과 카페가 거의 만석이 된다는 것이다. 경기침체라 하지만 이 거리만은 경기와는 무관한 듯 성업 중이다. 아이디어와 노력이 접목하여 살아있는 거리가 된 것이리라.

몇 달 전 일본 고베시 아래 동쪽에 있는 작은 섬 나오시마를 찾았다. 인구가 줄어들어 버려지다시피 된 섬을 베넷세 홀딩스와 후쿠다케 재단이 세계적인 건축가 안도 다다오와 몇몇 예술가들과 손을 잡고 주민들과 협력해 이룩한 기적의 예술 섬이다. 그곳에는 모네의 빛에서 영감을 받은 지추 미술관이나 이우환 미술관 등이 유명하지만 나는 현지인들의 집을 그대로 살려 예술작품으로 만든 이에프로젝트에 더 관심이쏠렸다.

아무 특징도 없는 밋밋한 옛집에 예술가들의 아이디어가 접목됐다. 다다미방 바닥에 인공의 동백꽃을 흩뿌려놓고 정원에는 진짜 동백을 심어 사색을 강요케 한다. 희미한 빛만 들어오는 캄캄한 방에 한 사람씩만 들어가게 하여 15분 동안 사색하게 하는 등의 프로젝트는 어찌 보면 무모한 도전이라 할 수 있다. 현지인들이 직접 참여하는 이러한 아이니어는 새로운 형태의 관광상품이 되어 엄청난 관광객을 끌어들이고 있다. 밖에서 놀고 있는 아이에게 "애야, 밥 먹어라." 부르시는 엄마의 목소리가 들릴 것만 같은 좁은 골목에는, 나이든 현지인들이 운영하는 작은 음식점들이 많다. 대부분 목조로 되어있는 집의 외관 벽에는 무심한 듯 독특한 모양의 문양으로 골목을 거니는 재미를 배가시킨다. 작은 것을 빛나게 하는 일본인 특유의 아기자기한 감성이 지나는 골목마다 셔터를 누르게 한다. 기발한 상호가 걸린 가게들은 저절로 기웃거리게 할 뿐 아니라 이름만으로도 관광객을 흥미롭게 했다.

거리를 거닐며 별것 아닌 거리를 이야기가 있는 거리로 만들어가며 관광객을 끌어들이는 그들의 아이디어와 상술을 많이 부러워했었는데 우리나라에서도 여기저기에서 비슷한 모습이 보여지고 있다. 북촌과 서촌 그리고 익선동이나 지방 여러 곳에서 아기자기한 골목들이 관광객을 불러들이고 있다. 특정한 지역이나 문화재만이 관광상품이라 여기던 발상은 이제 고루한 것이 되었다. 옛것을 그대로 유지하면서 현대의 아이디어가 접목하면 아주 작은 것들도 충분히 사람들을 불러들일 수 있음을 보았다. 예쁜 상호가 그림이 되어 걸리고 젊은이들의 아이디어가 접목되어 죽어있던 거리를 살아 움직이는 거리로 만들어간다. 통장의 돈을 늘리는 것이 삶의 목적이었던 시대는 지나고 있다.

지금은 삶의 질을 중요시하는 시대가 되었다. 예쁜 디자인으로 꾸민 집에서 분위기를 느끼며 우아하게 식사를 하고 차를 마시고 싶은 현대인들이다. 음식이 나오면 먼저 인증샷을 찍고 지인에게 문자를 날리며 즐기는 시대다. 달동네가 벽화로 인해 관광지가 되고 허름한 옛 한옥이 탐방지가 되어 죽어가는 거리가 살아나는 기적이 된다. 자원 없는 우리나라가 일탈을 꿈꾸는 젊은이들의 아이디어와 접목되어 세계에서 '매력 있는 대한민국'으로 부상하는 모습을 그려본다. 나는 오늘 이름도 기발한 '산으로 간 고등어'집에 가서 입도 눈도 행복한 시간을 보냈다.

살아있음에 꿈을 꾸고

- 문육자 수필집 『그의 실루엣』을 읽고

　　누구나 한 번씩은 죽기 마련이지만 대다수는 죽음을 생각지 않고 살아간다. 병마를 옆에 끼고 사는 나는 병에 지쳐 누워 지낼 때마다 살아있음을 자각하기도 하고 홀로 자신을 돌아보며 내면의 나를 들여다보곤 했다. 이번 겨울에도 겨우내 병치레하며 주변에서 서성대는 죽음을 만지작거렸다. 그러다 가녀린 햇살과 함께 몸도 추스를 즈음 내 마음을 확 끌어당기는 한 권의 책이 눈에 들어왔다. 책머리에 쓰인 "사계가 다 아름답지만 '살아있다'는 계절만큼 엄숙하고 아름다운 계절은 없다."는 머리글이 나를 사로잡았기 때문이다.

　책의 저자인 문육자 수필가는 시집 한 권과 5편의 수필집, 선집 한 권을 낸 수필가이면서 시인이며 또한 카메라에 사물을 담아 곁들임을 즐겨 하는 작가이다. 『그의 실루엣』은 그의 6번째 수필집이 된다. 그는 오랫동안 많은 시간을 문학과 함께 보냈기에 그의 삶은 곧 문학이었다. 병약한 몸으로 태어나 어머니에게는 항상 가슴에 얹힌 돌이었고 학교에 가는 것 외에는 아무것도 할 수 없었다 한다. 혼자 있는 시간이 많았기에 글을 읽고 쓰며 사색할 시간도 많았으리라. 지금도 등불 매달 듯 병주머니를 달고 살지만, 누구보다도 왕성한 창작 활동을 하며 사랑을 나누고 있음을 보여주고 있다. 그런 작가의 글을 읽으면서 공감을 넘어 가슴에 흐르는 동병상련의 정을 외면할 수 없었다.

　나도 건강을 잃고 나서야 비로소 살아있음이 감사이고 사랑이며 아름다움이란 사실을 깨달았다. 눈을 뜨는 순간부터 보이는 모든 것이 아름답고, 걸을 수 있음이 감사하고, 함께하는 주변 사람들과의 관계가 귀하게 느껴졌다. 일상에서 보고 듣고 사색하며 사계를 넘나드는 자연현상을 지켜봄이 곧 살아있다는 존재임을 느낀다. 요즘 나는 하루치의 행복을 찾아가며 내일을 꿈꾼다. 부모에게서 물려받은 류머티즘의 통증을 늘 끼고 살지만 웃음을 잃지 말고 당당하게 나아가자 주문한다. 그러하기에 아래의 문장에서 많은 공감을 했다.

　　병원에 가는 날은 즐거운 일 하나씩을 어디서든 건지기를 원한다. 그리고는 오늘의 운세를 거기에 매달고 환희로 치장하려 든다. 당당히 나선 길이지만 무서움을 어디에 비기랴. 떨림을 어쩌랴… 오늘 하루, 나의 위안이 되거나 모두를 잊고 벙긋벙긋 웃을 수 있는 일이 내 앞에 떨어져 있기를 기대한다.
　　　　　　　　　　　　　　　－ 문육자의 수필 「꽃다방 미스김」 중에서

　오래 지속된다면 어찌 행복인 줄 알겠는가. 설령 그것이 가슴을 아

리게 하는 결과를 가져 온다 하더라도 그 시간을 아름답게 간직하고
있다면 행복임을 알겠다.

— 문육자의 수필 「해피아워」 중에서

작가는 어떤 상황에서도 절망하지 않는 진솔한 모습으로 스스로 행복
을 찾아 나서며 그 속에서 삶의 의지를 강하게 내비치고 있었다. 그러한
작가를 보면서 나에게까지 행복이 전이되어 와서는 새로운 희망이 됨
을 느낄 수 있었다. 그리고 수필에 임하는 작가의 마음가짐에 눈이 갔다.

글을 쓴다는 것은 내 영혼을 누군가에게 바치는 작업이 아닐까. 더
구나 수필을 쓴다는 것은 속내와 정신 모두를 자판을 누르고 두들기
며 누구에게 나를 전달하는 작업 같은 것이다.

— 문육자의 수필 「가을의 신부」 중에서

나에게 수필이란 어려움 앞에서도 마음의 치솟음을 글로 표현할 수 있
음이 감사요 위로이다. 일상에서 말 걸어오는 사물에 눈을 맞추고 거기
에 내 마음을 포개어 한 땀 한 땀 글로 엮어나감이 내 삶의 의미이며 자
존감이다. 그러나 자신을 발가벗겨 진솔하게 내보여야 울림을 주는 좋
은 수필이 된다는 데에 발목이 잡혀 아직도 서성이고 있다. 그런데 작
가는 이 책에서 쉽게 꺼내기 힘들었던 자신의 비밀 이야기를 조심스럽
게 꺼내 놓는다. 자신이 병약하여 엄마를 힘들게 했던 이야기, 신내림을
받은 고모 이야기, 바람처럼 무능하게 살다가 바람처럼 상처만 주고 떠

난 아버지의 이야기를 가슴속 깊은 곳에서 투망질하듯 건져 놓는다. 마음을 저미며 가슴을 앓듯 한을 안고 살다 가신 어머니를 동네북에 비유한다.

> 울 줄 모르는 게 아니었다. 울지 않는 것도 아니었다. 세상을 품고 산 어머니는 가장 크게 우는 동네북이었다.
> – 문육자의 수필「북소리」중에서

그리고 '그'라는 객관적 인물을 내세워 남편의 이야기를 시를 쓰듯 풀어 놓는다.

> 문을 열고 들어섰을 때 패잔병도 없는 점령지의 황량함처럼 거실은 졸고 있었다. 그가 거기에 있었다. 거실 모퉁이 소파에 죽은 듯 누워 있는 그의 실루엣이 시폰으로 만든 블라우스처럼 가만히 흔들렸다. 미망의 세월 속에서도 그는 꿈을 꾸고 있었다. 아직은 살아있음이 반가움으로 오자 남편이라는 이름의 그의 실루엣 속에 처음으로 미안함과 애잔함을 몰래 묻었다
> – 문육자의 수필「그의 실루엣」중에서

눈물도 흘리지 않고 담담하게 절제된 아픔을 형상화 시킨 작가의 기법을 보면서 수필에 대해 내가 걸어야 할 길을 한번 더 모색해 본다. 아픔이 자랑일 수도 없고 눈물이 응석일 수도 없다. 그것들을 승화시켜 아름답고 찰진 하나의 작품으로, 수필로 탄생시키기 위해 꽃을 피우듯 부

단히 노력을 하리라.

이 책이 다른 수필집과 차별화되는 점은 5부로 나누어진 것들이 모두 의미를 갖고 있다는 것이다. 3부까지의 이야기는 사랑, 화해, 감사, 나눔, 위로가 주제를 이루며 매 순간 살아있음에 감사하고 있다. 작가는 아직도 자신 속에 사랑이 자라서 남에게 나누어 주는 꿈을 꾼다. 3부에서는 지루하지 않게 5매 내지 7매의 짧은 글로 산뜻한 쉼의 공간을 마련해 주었고 4부와 5부에서는 영화와 음악에 심취했던 최고의 순간들과, 예술을 찾아 문우들과 들른 곳을 수필로 묶어놓은 점이다. 해박함이 녹아있는 글과 음악, 수준 높은 사진이 수필집의 지루함을 덜어주고 볼거리를 주고 있다. 이렇게 한 권의 책 속에 다양한 구성과 형상화된 언어, 구체화된 주제에서 받은 즐거움과 보이지 않는 격려는 수필을 쓰는데 좋은 귀감이 되리라 본다.

수필집 『그의 실루엣』은 나에게 새로운 도전을 주었다. 병치레를 빌미로 안으로만 숨어들려 하던 나에게 마음이 이끄는 대로 현장으로 뛰쳐나가 몸으로 부딪치라 설득하고 있다. 사람들 속으로 들어가 온몸으로 느끼라 다그치고 있다. 서정 수필을 주로 쓰며 나만의 새로운 길을 찾아 헤매던 나에게 새로운 주제와 방향이 생긴 것이다. 종합병원이라는 말을 듣는 나는 항상 통증을 동반하며 살기에 행여 얼굴에 내비칠까 순간순간 웃는 얼굴을 연습하며 살고 있다. 살아있음이 감사한 나는 바라보는 모든 것이 아름다움이 되도록 매사를 긍정의 눈으로 보기를 원한다. 나 스스로가 행복 바이러스가 되어 나의 글이 읽는 이에게 조금이나

마 희망과 위로가 되기를 소망한다. 그러하기에 언제나 정제되고 숙성된 글을 내어놓으려 가슴 졸인다. 그런 나에게 죽음을 말하면서도 미사여구도 없는 담백한 필체로 자신의 감정을 밀도 있게 그려내는 작가의 완숙함이 부러움과 함께 큰 의미로 다가왔다. 병에 함몰되지 않고 한 차원 넘은 자세로 행복과 웃음을 찾아가는 그만의 긍정 에너지가 나에게도 전염된 것 같다.

나를 '살아있음에 꿈을 꾸고 모든 것이 아름다움으로 다가오는 나'로 한 걸음 더 나아갈 수 있게 해 주었다. 나에게 죽비가 되어 가볍게 채찍질하고 응원도 하며 힘이 되어주리라 믿는다. 나 또한 힘을 받아 한 걸음씩 수필의 숲으로 걸어갈 것이다.

소나기 단상

＊

　　두두두득…. 멀리서 비닐하우스를 때리며 말발굽 소리가 들리는가 싶더니 곧 지붕 위를 굵은 빗줄기가 달려들며 내리꽂힌다. 매캐한 흙냄새가 피어오르며 흙 알갱이들이 튀어 오른다. 갓 태어난 젊은 소나기는 바람을 동반한 요란한 소리를 내며 메말랐던 공기를 관통하며 떨어진다. 튀어 오르는 빗방울은 흙먼지를 머금고 사방으로 흩어지며 흙냄새를 날리고 쏟아지는 빗줄기는 뙤약볕으로 지쳐있던 화초들의 정신을 쏙 빼놓는다. 그동안 메말랐던 토양은 혼비백산하여 뽀송뽀송한 흙을 적실 틈도 없이 빗방울을 삼키며, 토하며 정신이 없다.

　　바짝 마른 토양에는 서서히 꾸준히 내리는 비라야 거죽을 적시면서 뿌리 깊은 곳까지 스며들어 고이게 되는 법이다. 그러나 천둥과 번개를 동반하는 소나기란 갑자기 굵은 빗줄기를 동반하여 세차게 내리다가 금방 그치기 십상이다. 이 때문에 속까지 적실 여가도 없이 서로 몸을 부딪치며 쓸려나가기 일쑤여서 반가운 비라기보다는 예상치 못한 상황에서 오히려 당황스러울 때가 더 많다.

　오래전에 가까운 지인 부부와 함께 곰배령 탐방을 갔을 때의 일이다. 서울에서 내려온 부부와 우리는 양평 집에서 하루를 묵고 새벽에 출발하여 곰배령 입구에 도착했다. 그곳에 또 다른 지인의 오두막이 있어 그곳에서 하룻밤을 보내고 다음 날 새벽에 곰배령을 탐방하기로 되어있었다. 곰배령 초소 옆 계곡을 따라 올라가는데 제대로 된 길도 보이지 않았다. 계곡물에 발을 적셔가며 간신히 오두막에 도착하여 보니 귀를 때리는 요란한 계곡물 소리를 배경으로 깊은 녹음 속에 통나무로 지어진 튼실한 오두막이 조용히 숨어있었다. 순간 소로우의 『월든』에 나오는 오두막을 만난 듯한 착각이 들었다. 오랫동안 비워놓은 그 집에서는 눅눅한 이끼와 풀냄새가 배어 나왔다. 반나절 사이에 우리는 현실과 동떨어진 원시로 타임머신을 타고 들어온 것 같았다. 자연은 우리를 금방 빨아들여서 우리에게서도 풀냄새가 배어 나오고 있었다.

　계곡물에 발을 담그고 놀다가 서둘러 해가 지는 바람에 아궁이 속으로 굵은 장작을 밀어 넣으며 숲 속의 공기를 들이마셨다. 눈을 감고 있으나 뜨고 있으나 마찬가지로 깜깜한 숲 속이었다. 호롱불 하나 달랑 걸어놓고 간단히 저녁을 해결하고 난 후 우리는 여유로운 마음으로 어두운 밤하늘을 올려다보았다.

　순간 숨이 탁 막혀왔다. 하늘은 온통 흐르는 은하수의 물결로 넘실대고 잔잔한 그 물결 속에서는 크고 작은 별들이 무수히 깜박이고 있었다. 맹렬하게 쏟아져 내리는 계곡물 소리와는 달리 평화롭게 흘러가는 은하수 물줄기는 정지된 별천지 속에서 신비롭고 조화로운 세상을 연출하고 있었다. 한 치 앞도 구별할 수 없는 깜깜한 숲 속에서 귀를 때리는 물소리를 들으며 촘촘히 흐르는 은하수를 본다는 것을 상상해보라. 우리는 완전히 넋을 잃은 상태로 한동안 말을 잇지 못했다. 어느새 나 자신이 별 무리 속에 들어와 별이 되어 깜빡이며 유영을 하는 듯한 착각이 들었다. 우리는 한참을 그렇게 꿈속에서 헤매다 별이 된 몽롱한 상태로 숙소로 들어와 잠이 들었다.

잠시 후, 천둥 우렛소리와 함께 쏟아져 내리는 엄청난 빗소리에 놀라 잠에서 깨어났다. 저녁에도 계곡물 소리는 굉장했지만, 소나기가 내리는 시점에서의 빗소리는 두려움 그 자체였다. 빗소리라기보다는 하늘에서 물 폭탄이 쏟아져 내리는 것 같았다. 계곡물 속 한복판에 있는 듯 방향감각도 잃을 정도로 큰 물살의 소리에 압도되었다. 분명 오두막은 계곡보다는 조금 높은 장소에 있었건만 바닥 밑으로 거센 물살이 지나가고 있는 것 같아 어지럽기까지 했다. 이런 소나기는 밤새 여러 번 퍼부었다. 거센 물줄기로 하여 가끔 커다란 자갈이 굴러가는 소리도 들리고 나무가 부러지는 소리도 들렸다. 우리는 마치 영화의 한 장면에 들어와 있는 것처럼 현실감각이 마비된 채로 힘든 밤을 보냈다.

밤을 지새우고 동이 트자 그토록 몇 시간을 쏟아붓던 소나기는 언제 그랬더냐 싶게 잦아들고 하늘은 파랗게 개어 있었다. 무섭게 흘러내리던 개울물도 조금 탁하기는 했지만 한꺼번에 쓸려나갔는지 수심도 얕아져 있었다. 두려움에 떨게 했던 소나기는 잠깐 한여름 밤에 꿈을 꾼 듯 하늘은 청명하고 나뭇잎 사이로는 햇살이 내비치고 있었다. 소나기가 강렬하게 우리를 뒤흔든 것만큼이나 그날의 아침 햇살은 더욱 환하게 다가왔다. 만약 그 오두막이 지반을 조금 높게 다지지 않고 허술하게 지은 오두막이었다면 우리는 아마 그날의 조난자 명단에 올라 있었을 것이다. 자연을 거스르지 않고 조화롭고 튼튼하게 지은 덕분에 우리는 은하수를 거니는 천국도 맛보고 물살에 떠내려가는 지옥도 맛보는 평생 잊지 못할 하루를 보냈다.

살아가면서 갑자기 불거진 악재가 몰려와 정신적 공황상태를 만나기도 하고 그것을 지혜롭게 대처하지 못하여 오랫동안 후유증을 앓기도 한다. 하지만 소나기가 지나고 나면 곧이어 밝은 햇살이 비췬다는 것을 알기에 때아닌 소나기로 옷이 다 젖는 경우가 생기더라도 그것이 빨리 지나기를 고대하며 참아낼 수 있다. 거기에 나를 믿고 지지해주는 한 사람이 옆에 있고, 언제나 나와 함께 하시는 님에 대한 믿음이 있는 한, 소나기 너머의 밝은 햇살을 바라보며 감사하는 삶을 살아가리라.

불시에 퍼붓는 소나기로 인해 목까지 차오른 빗물로 괴로워하는 채송화에게 말한다. "조금만 기다리렴, 곧 따뜻한 햇살이 다시 올거야."

시골 장터 기웃거리기

시골은 기존 할인점은 있지만 아직도 오일장에 의존하는 곳이 많다. 용문에 가면 시골 장터가 서는데 지하철이 들어오면서 장터를 역 주변으로 옮겨 역에서 내리면 바로 오일장터를 만날 수 있다. 용문에는 천년이 넘은 은행나무와 용문사가 있어 많은 관광객이 찾는 곳이다. 시골 장터가 열리는 날을 때맞추어간다면 용문사도 돌아보고 장터도 둘러보는 일거양득의 즐거움을 얻을 수 있다.

몇 년 전 용문 가까이에 둥지를 튼 관계로 장이 열리는 날은 괜스레 마음이 들떠 사정이 허락하기만 하면 한 번씩 둘러보곤 한다. 처음 장을 찾았을 땐 내가 상상하던 시골티 물씬 나는, 소설에서나 있음직한 어눌한 장이 아니어서 살짝 실망도 했지만 그래도 이곳에 오면 옛날 나의 어린 시절을 만나곤 하는 쏠쏠한 재미가 있다. 그러나 뭐니 뭐니 해도 내가 이 장터를 즐겨 찾는 이유 중 하나는 수수부꾸미와 가마솥 볶음 땅콩을 사기 위함이다.

어렸을 때의 일이다. 추운 겨울날이면 어머니는 수수부꾸미를 만들어 주시곤 했다. 다다미방 한가운데에 있는 난로 위에 팬을 올려놓고 기름을 살짝 두른 후 그 위에 수수 경단을 올려놓고 지지다가 거기에 팥 알갱이를 듬뿍 넣고 반달 모양의 수수부꾸미를 만들어 주시곤 했다. 그런 수수부꾸미가 이 장터에 있는 것이 아닌가. 게다가 순수 강원도산 수수로 팥알이 굴러다니는 팥 앙금을 듬뿍 넣고 부부가 정성 들여 만든 이 수수부꾸미는 완전 어머니의 맛 그대로였다.

한 입 베어 문 순간 혀끝에서 어린 시절이 튀어나오고, 젊은 시절의 어머님이 앉아 계시고, 난로 옆에선 소란대는 식구들의 웃음소리가 퍼져 나온다. 그곳엔 난로 위에 수직으로 세워졌던 연통과 직각으로 연결된 연통의 연결 부위에 이슬 맺힌 물방울을 받아내느라 조그만 깡통도 어김없이 달려있다. 유난히도 팥을 좋아하는 나를 위해 어머님은 자주 수수부꾸미와 시루떡을 만들어 주시곤 하셨다.

날이 갈수록 이 집 부꾸미 인기가 높아가더니 요사이는 정오가 지나서 가면 20분쯤 기다리는 것은 기본이고 조금 늦게 가면 아예 다 팔려 파장이 되곤 한다. 이걸 파는 곳이 몇 군데 더 있지만 유독 이 집만 그렇다. 대부분이 등산복을 입은 사람이 고객인데 이 집이 맛있는 걸 어떻게 알고 줄을 서는 것인지 알다가도 모를 일이다. 먹거리가 넘쳐나는 요즘의 아이들이야 이런 맛을 알랴마는 우리 시대의 사람들은 맛을 찾는다기보다 추억을 먹기 위해 이런 곳을 찾는 것이다. 게다가 웰빙을 부르짖는 요즘, 수수가 뇌에 좋은 히스티딘이 많고 비장 위장을 보호하고 만성 장염 소화불량에 좋을 뿐 아니라 탄닌과 페놀 성분이 많아 항암에 좋고 마그네슘이 백미의 다섯 배나 많다고 하니 사람들의 관심이 더 높아지나 보다.

유난히 견과류를 좋아하는 남편이 그곳에서 만난, 땅콩을 볶아 파는 곳이 있다. 앙증맞은 가마솥에 국산 콩을 넣고 주걱으로 천천히 저어가며 거뭇거뭇 볶아서 파는 곳인데 값은 두 배나 비싸지만, 맛은 확실히 차이가 있어 그곳에 갈 때는 어김없이 한 손엔 수수부꾸미를, 한 손엔 땅콩을 들고 어슬렁거린다. 시장을 누비다 보면 빈 땅에 난전을 펼치고 있는 할머니들을 만난다. 집에서 방금 따온 싱싱한 호박이며 직접 만든 메주 등 잘생기지도 못하고 실하지도 않은 땀방울들을 펼쳐놓고 계신다.

용문장터에 가면 추억이 걸어 나오고 삶이 묻어나오고 고단함도 숨 쉬고 있다. 잊고 살았던 어머님들의 주름살이 눈에 밟히고 오지 않는 손주를 기다리는 기다림이 젖어 온다. 어제가 있음에 오늘이 있고 시간은 지금도 계속 이어짐을 느끼는 공간이기도 하다. 다 못한 효(孝)가 가슴을 저미기도 하고 지금도 예전과 다르지 않은 모습으로 살아가고 있음을 실감하기도 한다. 화려함은 없지만 세월 속에 한 점으로 살아가는 '나'도 만난다. 배낭을 지고 국밥을 먹는 사람들에게서 소설 속 어느 한 귀퉁이를 훔쳐볼 수도 있다. 오일장에 가면 훈훈한 인정과 사랑을 만난다. 오늘도 달력을 보며 다음 오일장 열리는 날에 동그라미를 크게 그려 넣는다.

시루 항아리

- 김유정 문학관을 다녀와서

　　강원도 춘천시 강촌과 춘천 사이의 신동면에 자리한 그의 고향 실레 마을은 사방이 산으로 빙 둘러 있고 마을은 평평하여 강원도의 매서운 바람을 병풍처럼 막아주었을 것으로 보인다. 김유정은 강원도 춘천시 신동면 증리(실레마을)에서 1908년 천석군 부자인 유복한 가정에서 2남 6녀의 7번째 차남으로 태어났다. 6살에 어머니를, 8살에 아버님을 여의고 형의 방탕한 생활로 재산이 다 탕진되어 급격히 가세가 기운다. 청소년기를 가난에 허덕이며 형과 형수, 누님의 집을 전전하며 살다 30세인 1937년에 폐결핵으로 사망한다.

　　김유정 단편집의 배경은 대부분 그의 고향이며 주로 몰락한 농민의 떠돎, 가난, 윤리를 넘어선 생존, 일확천금으로 가난을 떨치고자 하는 단순 무지한 농민의 삶을 그렸다. 실레 마을이란 이름은 시루의 강원도 사투리인 '실레'에서 비롯되었는데 사방이 산으로 둘러싸이고 가운데가 평평한 시루처럼 생겼다 하여 붙여진 이름이다. 지금은 김유정 본가만 옛 모습이고 여기저기 현대식 가옥과 음식점들이 들어서 있어 원형을 잃은 것 같아 안타까웠다. 어쩔 수 없이 원래의 초가지붕을 인 마을의 모습을 상상하며 아쉬운 마음을 달랬다. 이 마을은 지형적으로 여기저기 둘러보아도 평야라 할 만큼 드넓은 땅은 별로 없었기에 자기 땅 한 자락도 없는 농민들의 옹색함이 미루어 짐작되었다.

소설 속에는 몰락하여 떠도는 유랑 농민과 당장 먹을 것이 없는 극빈한 생활 속에서 뼈 빠지게 농사지어봐야 빚만 늘어가는 당대의 생활상이 고스란히 그려져 있다. 추수하고도 남는 것은 없고 오히려 빚만 느는 허망한 삶 속에서 자기 논의 벼를 자기가 훔쳐내는 '응오'(「만무방」)에서의 황당한 사건은 그 당시 남의 땅을 부쳐 먹는 가난한 농민의 절절한 삶과 그 시대의 현실을 잘 그려내고 있다. 금이 나올 리 없는 콩밭을 파헤치며 금맥을 찾는 '영식이'(「금 따는 콩밭」), 노름판 밑천 이원을 해 오라며 착하고 어린 아내를 어디로 갈 건지 뻔히 알면서도 모른 척 몸단장시켜 매질해 내보내는 '춘호'(「소낙비」) 등, 상식을 뛰어넘는 황당한 사건들을 살아남기 위한 절박한 인간의 생존방법으로 나열하고 있다.

아내를 남의 품에 떠다밀면서 모른 채 눈감아주는 남자의 가슴 한쪽에는 어서 빨리 이 현실에서 벗어나 도시에서 아내와 함께 안락한 삶을 누려보고자 하는 욕망이 엿보인다. 아낙들이 병술을 받아서 파는 떠돌이 술장수를 하면서 때론 몸도 내어주는 들병이란 존재는 그의 소설 여러 곳에 나오는데 그 당시의 들병이들은 먹고살기 위한 어쩔 수 없는 선택이었다.

무늬만 다를 뿐 들병이는 현재의 이 시점에도 존재한다. 그 당시의 들병이가 생계를 위한 들병이라고 한다면 지금의 들병이는 명품 가방과 허영을 위한 들병이들이다. 남자들의 속성과 여자들의 허영이 남아있는 한 들병이는 영원히 없어지지 않으리라.

소설에는 아내를 팔아먹고 아내에게 매질하며 여성을 삶의 방편으로 여기는 남편은 있을지언정 따뜻한 부부애라든가 모성을 그리는 어머니상 같은 것은 찾아볼 수 없다. 아마도 작가의 어린 시절이 부모를 일찍 여의고 사랑다운 사랑을 받아보지 못한 애정결핍의 결과가 아닌가 생각된다.

청년이 된 윤동주는 박녹주라는 기생에게 한눈에 반하여 요샛말로 하면 스토커 수준의 구애를 하지만 받아들여지지 않았고 그 후에도 박봉자라는 여인에게 일방적인 사랑으로 열렬한 구애를 하지만 실패한다. 그의 사랑 방식은 사랑의 갈증을 느끼는 편협된 사랑으로 평범하지 않은 특이한 사랑이었다. 집안의 몰락과 실연을 겪은 김유정은 만성적인 늑막염과 치질, 폐결핵으로 괴로워했으나 오히려 이러한 비극이 창작의 불씨가 되었다고 본다.

서울로 올라와 휘문고보를 졸업하고 연희전문 문학과를 중퇴하는 등 힘든 도시 생활을 했지만, 도시의 삶에서도 1930년대 우리나라의 궁핍함을 여실히 드러내놓고 있는데 「야행」, 「정조」, 「따라지」, 「땡볕」 등에서는 그 당시의 찌들고 강팍한 도시 생활을 그렸고 「형」은 자신의 형을 모델로 그려 놓은 듯 실제의 형과 많이 닮아있다.

대부분의 작품은 그의 고향 마을 실례를 배경으로 실제 인물을 인용하여 많이 쓰였으며 그의 작품에는 자연이 마치 배경 음악처럼 곳곳에서 묻어나고 있다. 특히 처음 도입 부분과 말미에는 어김없이 자연이 그려져 있고 작품의 제목도 주제와는 상관없이 자연에서 따온 것이 꽤 많음도 특징이다. 또한, 적지 않은 작품들이 25~29세 사이의 짧은 기간에 쓰였다는 사실은 그의 천재성을 입증하고도 남는다.

짧은 생을 단 한 번도 행복하지 못하고 불행하게만 살다 간 것이 너무나 안쓰럽고 안타깝다. 지금 그의 고향 실례 마을은 '김유정'이란 천재로 하여 많은 관광객을 끌어들이고 그로 인해 먹고사는 '김유정 마을'이 되었다. 폴 오스터는 『빵 굽는 타자기』에서 가난은 자존감에 상처를 내는 그저 조금 불편할 뿐인 경험이 아니라 거의 숨 막힐 지경까지 몰아가는 것이고 영혼을 지옥으로 밀어 넣는 것이며 보통 사람을 공황상태에 빠뜨리는 것이라 말했다. 난세에 영웅이 나오고 역작이 나온다고 했던가. 불행한 현실 속에서도 짧은 시간 동안 그렇게 많은 역작을 내놓았는데 그때와는 비교도 안 되는 호사를 누리며 사는 나는 무엇으로 살다 가는 것인지 망연히 하늘을 보며 생각에 잠긴다.

촛불

＊

감을 한 입 베어 문다. 그리고 작년에 사 두었던 크리스마스 초에 불을 댕긴다. 어두웠던 실내가 은은한 빛으로 환해지며 기분을 한층 차분하게 만든다. 결혼한 지 45년, 참 많은 세월을 살았다. 그러고 보면 부모와 산 것은 성장 과정만 살았을 뿐이고 부부의 연을 맺고 사는 게 진정한 삶의 모습이라는 생각이 든다. 부부로 산다는 것은 기름과 불이 심지라는 매개체를 통하여 어우러지며 촛농이 다하여 사그라질 때까지 하나의 빛을 내는 촛불과 같다.

기름에 불을 붙이면 모든 게 타서 없어지며 화를 입게 되겠지만 기름과 불처럼 전혀 서로의 문화가 다르고 생활 습성이 다른 남남이 만나 오랫동안 아니 평생을 해로한다는 것은 신기함을 떠나 기적이라고도 말할 수 있다. 성질이 다른 기름과 불이지만 그 가운데에 사랑이라는 심지가 박혀있기에 서로를 태우면서 자식도 키워내고 주변에 불을 밝히면서 살아가는 것이다. 심지가 없다면 초는 초가 될 수 없고 촛불이 타다가도 심지에서 불이 꺼지면 그 또한 촛불이 될 수 없다. 심지에 불이 타고 있을 때 주변이 환해지고 분위기도 좋아지며 집안이 평안해지는 것이다.

촛농만 남을 때까지 온전히 다 타버린다는 것은 무수한 바람과 비도 피해야 하고 불씨를 지키기 위한 서로간의 노력도 있어야 할 것이다. 백년해로가 점점 어려워지는 요즘엔 더더욱 촛불을 지키기가 어려운 시절이 되었다. 황혼이혼이란 단어가 생기고 부모가 자식을 버리는 세상에서는 더욱 그렇다.

어제 남편과 함께 명동 CGV에 가서 〈님아! 그 강을 건너지 마오〉라는 영화를 보았다. 생각보다 젊은 층이 많아 놀라웠지만 처음 장면부터 마지막까지 98세, 89세의 나이든 부부가 주인공으로 나오는 이 영화는 잔잔하면서도 애잔하고 때론 보기에 거부감까지 나는 묘한 영화였다.

젊은 사람들이 대부분 주인공인 세대에 백세 가까운 노인을 주인공으로 설정한 충격적인 영화긴 하여도 71년을 함께 살아온 노년의 일상을 아무 살을 붙이지 않고 민낯 그대로 비춰 주고 있었다. 죽음을 앞에 둔 노인의 삶에도 사랑과 슬픔과 애잔함이 존재한다는 것을 보여준 영화다. 자식을 가슴에 묻었던 일 등 가슴 아픈 사연들이 마치 남의 이야기를 하듯 담담하고 잔잔하게 흘러나와 보는 이의 가슴을 더욱 찡하게 한다.

심지가 다 타고 기름이 다하여 꺼져가는 불씨만 남은 이 영화에서 녹아내린 부부의 촛농을 볼 수 있었다. 서로가 융화되어 녹아내린 촛농은 오랜 세월 함께한 부부의 결정체이며 그 속엔 그들의 지문과 세월이 녹아있다. 두 개체가 만나 불꽃 속에서 연출하던 삶은 자식을 남기고 자연으로 돌아간다.

촛불은 아직 꺼지지 않았다. 얼마 남지 않은 촛농에 앉아 먼저 간 임을 생각하며 꺼이꺼이 울고 있는 할머니! 그렇게 마지막 촛농까지 다 타버리고 나면 부부의 연은 비로소 끝이 날 것이다. 감을 입에 문 채 유난히도 감을 좋아하던 할머니의 마지막 감이 마른 나뭇가지 위에 대롱대롱 달려있던 모습을 생각한다. 조금 남은 촛농 위에서 슬픔을 토해내던 할머니의 모습이 자꾸 어른거린다.

시린 가을

✳

하얀 들국화가 하늘거린다. 개미취가 군락을 이루며 군상을 이루는가 했더니 늙은 코스모스가 허리를 부여잡고 바람에 휘둘린다. 해바라기도 까무룩 작아진 채 고개를 숙이고 결실을 내준 고추밭은 썰렁하니 찬바람만 오가고 있다. 변덕스러운 날씨에 봄인 줄 알고 꽃망울을 내밀던 분홍색 꽃 잔디가 갑자기 떨어지는 수은주에 엉거주춤 어정쩡하다. 멀리 산등성이를 발갛게 물들이던 단풍이 정원에 와서 수를 놓는가 싶더니 가을을 다 채우기도 전에 저만치 물러가고 있다. 영상으로 설악산과 내장산의 단풍을 보았지만 나는 아직 이 가을을 만져보지도 못했는데 제 혼자서 저만치 걸어가고 있다. 올가을은 나만 허전한 것인가. 하는 일 없이 바쁘고 분주하던 이번 가을, 느긋하게 여유를 못 누린 탓일까. 저만치 걸어가고 있는 가을을 시린 마음으로 망연히 바라보고 있다.

이어폰을 낀 채 동시에 몇 가지 일도 하는 시대에 살면서 나는 점점 안으로 굽어들며 한 번에 한 가지밖에 못하는 사람이 되었다. 그것도 시간에 쫓기며 하는 일은 영 편하지 않고, 널브러진 시간에 느긋하게 여유로운 상태가 되어야 비로소 일하고픈 마음이 생긴다. 그러다 보니 가는 시간도 따라잡지 못하고 갈팡질팡하기에 십상이다. 하물며 떠나가는 계절에랴? 황망히 지금에 와서야, 나는 아직, 진정한 가을을 못 만났다고 떼를 쓰고 싶은 억지가 생기니 참 딱하고 기막힐 일이다.

　나에게 가을은, 나뭇잎이 소곤거리며 화려한 색을 뽑아내는 것을 말가니 기다리며 바라보는 것이고, 그들이 떨구는 나뭇잎을 경이로운 눈으로 바라보며 음미하는 것이다. 낙엽을 밟으며 그들의 사각거리는 소리가 얼마나 멋지면서도 가여운지 그들에게 들려주는 것이며, 물을 빼어내며 사그라지는 풀들께 손 흔들어 내일을 기약해주는 것이다. 땅속으로 숨어드는 알뿌리에 식구를 불려 다시 와달라고 다독이며 토닥거려주는 것이다. 가을은 추수하고 난 후 너른 밭에 외로이 서 있는 낟가리들을 바라보는 계절이며 풀벌레 숨어들고 귀뚜라미가 집안에서 귀뚤귀뚤 울어주는 때이다. 찬바람을 맞으며 잎을 떨구는 나목들과 함께 아파하는 계절이다. 해마다 겪는 일이지만 추수 후에 바라보는 썰렁한 논은 마음을 저미오며 외롭게 한다.

　올가을은 물들이는 단풍과 재잘거리지도 못했고 발목까지 쌓이는 낙엽을 마음 놓고 밟아보지도 못했는데 예고도 없이 서리가 들이닥쳤다. 붉은 잎을 달고 가을 햇살을 즐기며 노래하던 가을이 서리 한방으로 정지되어 버렸다. 산의 정수리부터 붉게 내려오던 가을이 서리를 맞자

색을 버린 어두운 얼굴로 자꾸만 작아지고 있다. 놀란 채소밭이 순식간에 뽑히고 횅뎅그렁하다. 국화와 담청색 용담만이 씩씩하게 서서 서늘한 햇살을 즐기고 있다. 떠날 준비가 안 된 가을을 서리가 등 떠밀며 밀어내고 있다. 나무도 잎을 떨구며 나목이 되어간다. 눈에 보이는 모든 것들이 화려했던 지난 세월을 마감하고 막 내린 무대의 배우들처럼 서둘러 퇴장할 준비를 하고 있다. 나는 지금 그들과 흡족히 교감하지 못한 안타까움을 어쩌지도 못한 채, 제 혼자 떠나가고 있는 그의 뒷모습을 시린 마음으로 바라보고 있다.

나의 이 가을처럼 인생의 가을도 이렇게 허전하다면 얼마나 비참한 일일까. 며칠 전 어느 방송에선가 노인의 삶에 대한 특집을 본 기억이 난다. 일본과 한국의 빈곤층의 노인들을 보여주는 영상이었다. 예전에는 중산층 이상이던 사람들이 가족을 위해 일만 하다가 자식에게 모든 것을 다 내어주고는 부지불식간에 빈곤층으로 전락한 몇몇 노인들의 실상을 보여주고 있었다. 계절의 가을도 이럴진대 인생의 가을이 이렇게 난감하고 쓸쓸하다면 참으로 외롭고 비참할 것 같다. 노년을 준비하지 못한 그들에게도 문제가 있시만, 유럽처럼 열심히 일한 사람들이 노년에는 여유를 즐길 수 있는 제도적인 장치도 더 고심해야 하리란 생각이 든다.

가을은 풍성하고 아름다우면서도 마음 시린 계절이다. 빈 몸이 되어야 아름다움의 절정을 맞는 나무처럼 비우고 비워 소박한 마음이 되어야 모든 것으로부터 자유롭고 행복하리라. 결실들을 다 내어놓고 비로소 자신을 비워내는 나무와는 달리 한 걸음도 나아가지 못하고 제자리에서 맴돌다 빈손으로 가을을 보내기에 가슴이 저리고 허전하다. 괜스레 부산했던 이 가을을 돌아보며 투정만 부리지 말고 엉클어진 마음을 비워 느긋하고 여유로운 삶을 꿈꿔야겠다. 어스름 찬바람 속에 하얀 들국화가 청초하다.

어항 속 왕따

✳

어항 앞으로 다가서니 한 녀석은 얼른 수초 밑으로 숨고 다른 한 녀석은 내 앞으로 와서 꼬리를 흔든다. 일 년 전 손주가 마트에서 사온 금붕어. 어렸을 적에 장터에서도 흔히 보던 금붕어로 마트 직원은 팔면서도 얼마 못 살 거라고 했단다. 세 마리를 가져왔는데 한 마리의 모양은 조금 달랐다. 그런데 가만히 보니 첫날부터 두 마리가 모양이 다른 한 마리를 계속 쪼아대면서 못살게 구는 것이었다. 연일 매스컴에서 떠들어대는 왕따가 여기에도 있구나 싶어 안타까운 마음으로 자주 들여다보았다.

왕따 금붕어를 보면서 십여 년 전 편의점을 운영하던 때의 호민이란 청년이 생각났다. 성실한 청년이라 참 좋아했는데 나이에 비해 너무도 좁은 시야에서 살고 있었다. 형편상 대학을 못 가서 취직도 못하고 알바를 하며 어머니와 동생의 생계를 돕고 있었다. 그의 생활 반경은 집과 편의점이 전부였다. 교회를 다닌다고 하여 주일은 쉬게 해 주었는데 남에게 칭찬받으며 존재 가치를 느끼는 유일한 곳이 교회가 아닌가 싶었다. 무엇 하나 남에게 내세울 것이 없는 그는, 자기가 설 자리는 아무 곳에도 없을 거라 단정 짓고 스스로를 사회에서 왕따 시키고 있었다. 머리도 나쁘지 않고 성실한 청년이지만 요즘 같은 사회에서는 도저히 살아낼 수 없을 것 같은 안타까운 마음에, 군 입대로 편의점을 그만둘 때까지 부모 같은 심정으로 많은 정성을 쏟았다.

가장 필요한 것은 가슴을 펴고 당당히 사회 속으로 들어가는 용기라는 생각이 들었다. 자꾸만 작아지려는 그에게, 어항 속의 왕따처럼 순응만 하지 말고 굴레를 벗고 뛰쳐나가 당당하게 부딪칠 수 있는 용기를 주고 싶었다. 가진 것도 내세울 것도 없는 지금의 처지에서 탈피할 수 있는 길은 확실한 직업이 우선이라는 생각이 들었다. 그래서 기술을 배우라고 설득했다. 돈을 들이지 않고도 기술을 배울 수 있는 곳을 찾아보기로 했다. 여기저기를 검색하다가 수업료를 내지 않고도 기술을 배울 수 있는 직업학교들이 눈에 띄었다.

항상 미소는 띠고 있지만 자기를 인정해주는 곳에서만 편안해하는 그에게, 타인들 속에서도 편안하게 사는 지혜를 알게 하고 싶었다. 어차피 군에는 다녀와야 하니 우선 똑같이 졸병부터 시작하는 군대에 가서 편하게 '너'를 키워보라고 했다. 군에 입대하여 군 생활을 하는 동안 휴가 때마다 인사하러 오는 그에게 맛있는 음식도 사주고 용돈도 주며 그와의 세월을 함께 했다. 그리고 얼마 후, 그는 정말 자신감 있는 성인이 되어 군에서 돌아왔다. 그리고 국가에서 운영하는 통신기술을 가르치는 기술학교에 다녔다.

어느 날 그는 자격증을 가지고 우리 부부 앞에 나타났고 곧이어 KT에 기술자로 취직도 하였다. 스스로를 왕따 시키며 부모의 가난을 물려받을 수밖에 없던 청년 호민이는 허물을 벗고 비상하는 나비처럼 어엿한 통신 기술자가 되어 당당한 사회의 구성원이 된 것이다.

며칠 못 살고 죽을 거라던 금붕어는 지금도 우리 집의 식구가 되어 잘 살고 있다. 괴롭힘을 당하던 금붕어는 언제나 수초 아래에 몸을 숨기곤 했는데 어느 날 아침에 일어나 보니 왕따를 시키던 두 마리 중에서 제일 팔팔하던 금붕어가 바닥에 떨어져 죽어있었다. 전날 물을 갈아줄 때 조금 많다 싶게 물을 부어 준 것이 문제였다. 팔팔 대며 힘자랑하던 놈이 물 밖으로 튀어나와 죽은 것이다. 그렇게 하여 두 마리만 남게 되었는데 그다음부터 예상치 못한 재미있는 현상이 일어났다.

쫓기던 놈은 여유롭게 구석구석을 헤엄치며 놀고 있는데 반해 그를 공격하던 남은 한 녀석은 전혀 공격하지 않을 뿐 아니라 반대로 수초 속에 틀어박혀 나다니지 않았다. 함께 하던 주체 세력이 없어지니 서로를 의지하며 힘자랑하던 녀석이 어찌할 바를 모르며 스스로 주눅이 든 것이다. 나는 이 작은 어항 속의 미물들을 보며 부모의 재력이나 권력의 힘만 믿고 나약한 사람을 괴롭히던 작금의 재벌 2세나 졸부들, 고위공직자들의 오만을 보는 것 같아 쓸쓸한 생각이 들었다. 신의 눈으로 본다면 지구는 우리 집의 어항만큼이나 작은 공간일 것이다.

내가 나를 소외 시키던 아니면 따돌림을 당하여 작아지던 간에 우리는 알게 모르게 타인과의 긴밀한 관계 속에서 살고 있다. '인간에게 다른 인간이 다가오지 않으면 고립된 인간은 죽을 수밖에 없다. 다가오고 있는 인기척, 그것이 인간의 희망인 것이다'라고 김훈 작가는 『라면을 끓이며』에서 얘기한다. 가족 간의 관계나 타인과의 관계가 허물어진 요즘, 이것을 회복할 수 있는 길은 오직 사랑이며 관심이라는 생각이 든다. 맑은 바람이 살랑대는 오늘, 나는 호민이의 청첩장을 받았다.

알전구를 끼우다

※

    초저녁, 산 밑 산책로를 걷는다. 빈 가지 위의 산새들은 시린 발 비비며 끼륵거리고 알전구 같은 붉은 해가 어둠을 불러내며 산 밑으로 사라진다. 흐릿한 전등 밑에서 어머니는 거의 매일 양말 속에 알전구를 끼워 넣고는 해진 양말을 기우셨다. 전쟁 후 모두가 어려웠던 시절이라 꿰맨 양말을 신고 다니는 것은 크게 흉이 되지도 않았고, 내 집과 이웃집의 살림살이도 크게 차이 나지 않았다. 두 쪽 난 나라에는 변변한 전력도 없어서 밤이면 모두 민얼굴의 알전구 밑에서 불을 밝히며 살았다. 쓰임새가 작은 방에는 촉수가 낮은 전구를 끼워가며 한 푼이라도 아끼기에 바빴다. 촉이 나간 알전구는 저녁마다 사랑을 깁는 어머니의 모습이었다.

    전쟁 나기 두 해 전에 이미 평양 이북에는 중공군이 들어왔다. 들어오자마자 중국과 무역을 하던 우리 집이 그들의 겨냥이 되었다. 커다란 트럭이 드나들 정도로 창고도 크고 이층집이던 우리 집은 그들의 본거지가 되었고 모든 걸 내어주고 하루 만에 추방당했다. 하루아침에 거주지를 잃은 부모님은 비단과 금붙이 등 돈이 될 만한 것을 부지중에 챙긴 채 가족을 이끌고 남으로 내려왔다.

서울에 도착하자 제일 먼저 충무로에 일본인들이 살던 적산가옥을 사셨다. 옆집에는 유명한 가수 겸 배우가 그리고 뒷집에도 잘나가는 배우가 살고 있었다. 우리 집은 남하할 때 가지고 온 돈이 오래지 않아 금방 동이 나 버렸고 궁여지책으로 여기저기 방을 세내어 한 지붕 아래 3세대가 살게 되었다. 그렇게 여러 세대가 사는 데에도 또 다른 재미는 있었다. 밤이면 마당에 있는 전등불 밑에 모여앉아 라디오에서 나오는 연속극을 함께 들으며 울고 웃던 기억이 난다. 어느 날은 옆집에 도둑이 들어 된장독 하나가 없어졌다는 소식도 들려왔다. 도둑도 지금과는 판이한 생활형 도둑이었고 정이 넘치던 시절이었다.

초등학교 고학년으로 올라가면서 그 시절에도 잘사는 사람은 엄청나게 잘 산다는 사실을 눈치채기 시작했다. 공부를 제법 했던 나는 소위 일류 중학이라는 데를 들어갔는데 거기에는 대부분이 부자이고 고관집 자식들이었다. 친구들의 집에 가면 그 당시에도 정원사가 딸린 널따란 정원에 연못도 있고 분수도 있었다. 월남할 때 데리고 온 사촌오빠의 사돈 집은 우리나라 최초의 우유를 생산하던 S 회사였는데 오빠네 집에 가면 정말 없는 것이 없었다. 전쟁 후 짧은 기간임에도 그때부터도 빈부의 격차는 무척 심했다는 사실을 나는 중학교 갈 때까지도 잘 모르고 있었다.

사업을 크게 하시던 아버지는 고향이 아닌 서울에 내려와서 남의 밑에서 일한다는 것은 자존심이 허락지 않았다. 아버지의 자존심으로 하여 우리는 갈수록 가난으로 빠져들 수밖에 없었고 결국 어머님이 생활전선에 뛰어들어 건어물과 기타 부식을 파는 가게를 운영하셨다. 지금 생각하면 그 어려운 시절을 어떻게 버텨내며 자식들을 공부시켰을까 싶어 가슴이 메인다.

마냥 행복했던 나의 어린 시절은 어머님의 사랑으로 가능했으리라. 결혼하고 어미가 되어 힘든 고비를 만날 때마다 흐릿한 전등 밑에서 양말을 깁던 어머니를 떠올리며 나의 연약함을 깨우치곤 한다. 산다는 것은 버티는 것이라 했던가. 어머니는 날마다 양말 속에 알전구를 끼워 넣으며 하루 어치의 삶을 버텨내고 계셨다. 한숨을 문 고단한 여정 속에서도 사랑을 몸소 내보이며 자식들을 하나로 묶으셨다. 기운 양말은 동그란 어머니의 사랑, 험난한 시간을 견뎌내는 버팀목이 되어 비루한 세상에서 비루하지 않게 살아낼 수 있었다.

촉이 나간 알전구는 어머니의 모습이며 5~60년대 우리들의 자화상이다. 정 많던 시대의 그리움이다. 기억 속 맨몸의 전구에는 희미한 그림자에 어른대던 어머니의 모습이 들어있다. 꿰맨 양말을 신고도 당당할 수 있는 자존과 사랑을 주셨고 행복한 미래를 꿈꿀 수 있는 희망을 주셨다. 구멍 나면 무조건 버리는 시대가 되는 사이, 양말을 깁던 어머니는 전등 밑 그림자 속으로 사라져 버리셨고 어머니와 함께 사라진 줄 알았던 알전구는 끈질긴 생명력으로 주변에서 반짝이고 있다. 화려한 쓰임새로 탈바꿈한 LED가 되어 실내장식으로, 파티용의 예쁜 모습으로 주변에 널려있다. 어머님의 알전구는 피곤한 얼굴로 각박하게 살아가는 젊은이들에게 말 없는 한마디를 던져주는 깜빡거림이다. 산책로를 걷다 멀리 노을을 안고 스러져가는 붉은 해에 어머니의 알전구를 끼워 본다.

오이꽃

＊

간간이 내린 비로 밤공기가 상큼하다. 여윈 달빛 아래 유난히 청초하게 피어나던 하얀 박꽃이 생각나는 밤이다. 해질 녘 담을 오르며 하얗게 피어나던 꽃이 달을 향해 수줍은 듯 얼굴을 내밀면 그 모습이 얼마나 맑고 경이로웠던지. 캄캄한 밤에 해맑은 얼굴로 소박하게 미소짓는 모습은 낮의 어떤 아름다운 꽃보다 마음을 설레게 했다. 그런데 박꽃만큼이나 사랑스러운 오이꽃이 눈에 들어오기 시작했다.

텃밭 한 귀퉁이에 오이 모종을 사다 심었다. 지주대 두 개를 멀찍이 박아 서로 끝을 잡아매고 다른 쪽에도 똑같이 하고는 그 위에 긴 장대를 올려 그물을 씌우니 그럴듯한 오이밭이 되었다. 이쪽으로 세 개, 저쪽으로 세 개의 모종을 심고 오이가 열리기를 고대했다.

밤에는 해 잘 드는 큰 나무 밑에 심은 박꽃이 나무를 타고 오르며 여전히 마음을 설레게 하고 낮에는 노란 오이꽃이 조그만 얼굴로 텃밭 한 귀퉁이를 장악하고 있다. 그런데 이 작은 꽃을 보며 자꾸 박꽃이 생각나는지 모르겠다. 크기도 작고 예쁘지도 않은 이 꽃 위로 순백의 박꽃이 자꾸 겹쳐 보인다. 오이는 그물에 덩굴손을 감으며 잘도 올라간다. 며칠에 한 번씩은 덩굴이 오르는 길을 보살펴주어야 할 정도로 막무가내로 영역을 넓힌다.

오늘도 나는 가위와 끈을 가지고 덩굴을 살피러 그들 곁으로 갔다. 그런데 어제도 없던 덩굴손이 허공을 붙잡고 매달려있는 것이 아닌가. 하늘을 향해 빳빳이 고개를 들고 있는 모습이 흡사 허공을 쥐고 팽팽하게 줄다리기를 하는 것 같았다. '어쩜, 오이 줄기가 밤사이 이렇게도 컸구나' 하면서 끈을 이어 그물에 닿게 했다. 그제야 용수철 모양의 덩굴손이 슬그머니 손을 놓으며 줄에 몸을 건다. 아래로는 잘 생긴 오이를 매달고 말이다.

밤사이 얼마나 손아귀가 아팠을까. "그냥 손을 놓고 쳐져 있지 그랬니." 하다가 문득 생각이 스쳤다. "아하, 그래서 오이꽃을 보면 박꽃이 생각났구나." 별을 보며 얘기 나누고 달을 보며 키를 키우던 박꽃처럼 오이도 밤이면 달과 별과 이야기하며 열매도 키우고 줄기도 뻗어가며 용을 쓰고 있었던 거였다. 줄을 매주며 밤사이 애쓴 노란 오이꽃을 바라보니 새삼 기특하고 어여뻐 보였다. 결실에만 신경 쓰며 한 번도 칭찬해주지 않았는데 오늘 보니 박꽃처럼 눈부시진 않아도 앙증맞은 게 어여쁜 구석이 있다.

맑은 노란색을 하고 다섯 잎으로 생긴 오이꽃은 박꽃 과에 속하기에 덩굴을 타고 오른다. 그동안 한 번도 예쁘다 말하지 않았고 사랑스러운 눈길로 봐주지 않았다. 오이도 박처럼 부지런했고 달과 별의 속삭임을 들을 수 있는 마음을 가졌는데 그저 습관대로 덩굴을 살피며 결실만을 탐했다.

박꽃에 빠져 그에게만 사랑스러운 눈길을 주던 나도, 외모만으로 잣대를 들이대곤 했다. 예쁘지 않으면 사랑의 마음도 없는 것처럼 무심히 아무렇게나 대하며 살았다. 삶의 조그마한 부분에서도 편견으로 편애하며 살고 있지는 않았는지 뒤돌아보게 된다. 어둠 속에 하얗게 피어나는 박꽃도 아름답지만, 오이꽃, 참외꽃, 수박꽃 등 주변의 모든 꽃이 아름답지 않은 꽃이 없다. 바라보는 시선이 문제였을 뿐 오이꽃도 제 나름으로 제 모습을 뽐내며 살고 있었다. 사랑의 말을 건네고 그러한 눈길을 주면 그들도 그것을 먹으며 몸을 살찌운다. 소통이 있는 곳에 사랑이 싹틈을 오이를 키우며 새삼 느꼈다. 어스름 넝쿨 속에 다섯 꽃잎이 노란 별로 달려있다. 여윈 달빛 아래 별빛이 노란 별과 어우러며 속삭이는 소리가 들리는 듯하다.

우수雨水에 내리는 눈을 맞으며

✳

눈이 비가 되어 내리고 얼음이 물로 변한다는 우수(雨水)다. 뿌연 운무 속을 뚫고 쌀가루처럼 보드라운 눈이 조용히 내리고 있다. 회색 하늘에서 내리는 눈은 무게 중심이 내려앉은 공기처럼 세상을 차분하게 만들고 내 마음속 온갖 어지러움도 내려놓게 한다. 지금 내리는 눈은 우수라는 이름에 걸맞게 내리면서 진눈깨비로 변하기 때문에 쌓이는 양은 그리 많지 않다. 그러고 보니 외투 깃을 여미던 찬바람도 어느새 순해져 여린 싹의 코끝을 간질이고 있다. 나는 오늘 비로 변하는 눈을 보며 땅속에서 꿈틀거리는 새싹들의 희망을 본다. 아우르며 피어오르는 봄을 본다.

올해의 마지막 눈이 되지 않을까 싶어 눈 속을 걸어 보기로 하고 무작정 집을 나섰다. 며칠 전이었다. 그날 나는 버스로 30분 거리에 있는 장소로 가기 위해 버스 정류장으로 향하다가 갑자기 마음을 고쳐먹고 그냥 걸어가기로 했다. 걷다 보니 차로 갈 때는 보이지 않던 늦겨울의 풍경들이 하나둘 눈에 들어왔다.

알몸으로 도열 해 있는 벗나무들의 몸뚱이가 한결같이 터지고 갈라져 있는 것이 보였다. 어떤 나무는 껍질이 아예 뭉텅이로 떨어져 나가 속살이 훤히 보이기도 했다. 왜 그럴까 싶어 사진을 찍어와 비교하며 알아보니 겨울이 되어 수관의 얼음이 얼면서 늘어나는 부피 때문에 외피가 갈라진다는 글과, 건강한 나무일수록 여름이면 탄소동화작용이 왕성하여 속살의 부피가 많이 늘어나는데 비해 외피가 그 속도만큼 자라주지 못하여 나타나는 증상이라는 글이 보인다. 그러고 보니 일조량이 적은 아파트 주변의 가로수는 그렇지 않은데 해가 잘 드는 이쪽의 나무들만 심하게 갈라져 있었다. 마치 발육이 좋은 아이를 가진 산모의 뱃살이 트는 것처럼….

첫아이를 가졌을 때의 일이다. 병원에서 아이가 좀 크다고는 했지만, 의사도 나도 별로 신경을 쓰지 않았다. 우유를 좋아하지 않아 우유 한 컵 마시기도 힘들던 나는 열심히 칼슘과 비타민을 복용했지만, 아이에게는 역부족이었었나보다. 녀석은 부족한 영양분을 어미에게서 마구 섭취해가며 잘 자라주었고 내 배는 남들이 쌍둥이가 아닌지 물을 정도로 남산만 해졌다. 그리하여 조그만 나의 체구에서 4kg의 건강한 아이가 태어났다.

아이가 중학교 다닐 무렵에는 전교생 중 키도 제일 크고 덩치도 좋아서 학부모들이 교무실에서 나오는 아이를 보고 교사인 줄 알고 꾸벅 인사를 하는 해프닝이 벌어지곤 했다. 반면에 나는 빠져나간 영양분으로 하여 치아와 뼈도 부실해졌고 난산으로 인한 과다 수혈의 부작용으로 오랜 시간 힘들었다. 생명을 키워낸다는 것은 자기를 허물어가면서도 그것을 지키며 견뎌내는 일이 아닐까.

가뭄 후의 마른 논바닥처럼 쩍쩍 금이 가 있던 그 나무들이 궁금하여 오늘도 같은 길을 걸었다. 고맙게도 갈라진 틈 사이로 눈이 점점이 박히며 껍질이 촉촉하게 젖어있었다. 튼살을 치유하기 위해 임산부들이 배에 기름을 바르는 것처럼 이 눈이 녹으면서 갈라진 외피를 오래도록 촉촉하게 유지해줬으면 좋겠다는 생뚱맞은 생각을 해본다.

가로수 맞은편에 있는 영산홍들의 기지개 켜는 소리가 들썩거린다. 나뭇가지들의 변신은 진작부터 시작되고 있었나 보다. 아직 깨어나지 못한 누런 잎들 사이로 물오른 연둣빛 설렘이 설핏설핏 보인다. 봄을 향한 수다는 눈을 맞으면서도 거침이 없고 술렁이는 이야기 소리는 수관을 타고 오르내리는 힘찬 물소리와 어우르며 봄의 시간을 당기고 있다. '이 눈이 녹으면 연초록 이파리들이 부쩍 많아지겠지? 가지 끝을 간질이던 바람도 순식간에 데워지며 봉오리 들을 부쩍 부풀릴 거야' 중얼대는 나의 마음도 벌써 봄의 한 가운데를 달리고 있다.

눈이 비로 변한다는 우수(雨水)다. 오늘처럼 우수에 내리는 눈은 빗방울이 되어 뿌리를 적시며 잠자던 대지를 깨울 것이다. 수관을 녹여 더 이상의 외피를 가르지 않을 것이며 제 몸을 헐며 어려움을 이긴 나무에게 더 많은 가지를 매달게 할 것이다. 이 눈은 봄의 촉매제가 되어 봄을 벙그려 터트릴 것이고 꽃망울을 터트리며 향기를 늘려 누구에게나 새로운 희망을 안겨 주리라. 우수에 내리는 눈을 맞으며 생각해본다. '나는 무엇으로 대지를 적셔 사람들의 봄이 될 수 있을까'. 답답한 마음에 두팔을 벌리고 기지개를 켠다.

나 스스로가 남에게 따스함이 되고 남과 나를 사랑하며 살
아야겠다고 마음먹으며 지하철을 내려 우물 문을 열고 밖으
로 나왔다. 저만치 가로수 위에서 보이지 않는 새 한 마리가
끼이이익 시간을 감고 있다. 나는 가끔 이렇게 우물 속을 들
락거리며 미완성의 나를 담금질한다.

- 「우물 속의 나」 중에서

4부

우물 속의
나

우물 속의 나

＊

　　금방 눈이라도 퍼 부울 기세로 잔뜩 찌푸린 날씨다 . 털모자와 장갑으로 무장을 하고 두꺼운 외투를 걸친 채 집을 나섰다. 네거리를 건너 십여 분을 걸어 우물 입구에 도착했다. 그리고 아래를 내려다보며 에스컬레이터를 타고 내려가서 지갑을 열고 카드를 꺼내 우물 문을 연다. 하늘도 보이지 않고 햇볕도 들어오지 않는 곳이지만 그곳은 어둡지도 않을뿐더러 물도 없다. 마른 우물 속으로 스르르 더 미끄러져 내려가니 그곳엔 이미 많은 사람들이 들어와 있었다. 우물 속에는 여러 지류가 터널로 연결되어 있는데 어느 지류나 물은 나오지 않는다. 손을 더듬으며 금맥을 찾듯 사람들은 각자의 수로를 따라 자기가 타고 갈 터널 앞에 선다. 나도 오늘 하루 치의 배낭을 메고 터널 앞을 서성이다 전동차를 탔다.

　　출근 시간이 조금 지난 전동차 안에는 아직도 사람들이 빼곡하다. 저마다 바쁜 얼굴을 하고 무표정한 얼굴로 자기만의 세계에 빠져 있다. 누구와도 눈을 마주치지 않으며 철저하게 혼자인 듯 무심한 표정들이다. 나는 이곳에서 우물 속에 들어가 오롯이 혼자가 되어있는 '오카다 도루'를 만난다.

무라카미 하루키의 『태엽 감는 새』에서 오카다는 아무 이유도 없이 다니던 직장을 그만두고 실업자가 된다. 나뭇잎에 가려 보이지는 않지만 날마다 끼이이익 울어대는 이름 모르는 새의 울음소리를 들으며 오카다 부부는 이 새의 이름을 '태엽 감는 새'로 부르기로 한다. 아내가 출근하고 나면 그는 매일 장을 보고 음식 장만과 다림질을 하며 똑같은 일상을 반복한다. 어느 날 기르던 고양이가 사라지더니 출근한다며 나간 아내가 돌아오지 않고 가출을 한다. 연이어 여러 가지 사건들이 생기는데, 평소 아내가 좋아하던 고양이를 찾으려고 폐가가 되어있는 옆집의 마당을 뒤지던 중 우연히 우물 하나를 발견한다. 돌을 던져도 물소리가 나지 않는 것으로 보아 분명히 마른 우물이었다.

처음에는 호기심에 나무로 된 두 쪽짜리 덮개를 반쪽만 연후 끝이 보이지 않는 깊은 우물 속으로 밧줄을 타고 내려간다. 우물 속은 너무나 깊어 햇볕이 닿지 않아 곰팡내도 나고 어둡고 칙칙했다. 그곳에서 그는 누군가가 치워버린 밧줄로 인해 사흘 낮 밤을 보낸다. 아득히 높은 반원의 하늘에서 햇볕은 들어왔다가 사라지고, 추위에 떨면서 바라보는 밤하늘에는 무수한 별들이 반짝인다. 어쩌면 생명을 잃을지도 모른다는 두려움을 느끼면서 철저히 혼자가 된 그의 시야에는 별들만이 존재할 뿐이다. 저 멀리 조그만 반원의 하늘에서 별들은 그에게 무슨 메시지인가를

전하려고 애를 태우는 것만 같았다.

자신의 숨소리만 들리는 캄캄한 어둠 속에 앉아서 '아내가 가출한 이유는 무엇일까, 내가 정말로 하고픈 일은 무엇인가. 살면서 맺어졌던 주변 인물과 사건을 추리해보며 나란 인물은 누구인가'를 끊임없이 묻고 물으며 답을 구한다. 다행히 얼마 전 알게 된 사건 속의 여인이 찾아왔다가 고양이를 찾으러 다닌다는 그의 이야기를 기억하고는 주변을 살피다가 우물을 발견하고 구해준다. 얼마 후 그는 다시 우물 속으로 들어간다. 이번에는 뚜껑마저 닫아놓아 정말로 칠흑 같은 어둠 속에 앉아서 세포 하나하나가 질러대는 자신의 소리를 들으며 자신과 싸움을 한다. 특별할 것도 없는 초라한 자신을 들여다보며 상실감과 허무, 현실의 고뇌와 문제점들을 냉정한 눈으로 들여다본다. 어두운 원통 속의 작은 공간 속에서 외로움을 몸으로 겪는 가운데 이제까지는 패배한 존재였지만 자신에게도 남에게서는 볼 수 없는 자신만의 특별한 자아가 있음을 찾아낸다. 무엇과도 바꿀 수 없는 자기만의 특별한 존재 의미가 있음을 비로소 깨닫게 된 것이다. 그리하여 당당히 세계와 맞설 수 있는 자신감을 얻고 자신과 다른 모두를 사랑할 수 있는 따뜻한 마음이 되어 세상에 나온다.

전동차에 타고 무심한 얼굴을 한 사람들의 무리 속에서 나는 우물 속에서 홀로 앉아있는 나를 발견한다. 오카다가 밤을 지새우며 느끼던 냉기가 공기 속에서 파동으로 다가온다. 누구와도 눈을 마주치지 않고 나름의 방식으로 저마다 바쁜 인파들이다. 미디어의 범람으로 모두가 똑똑해진 사람들 틈에서 가끔은 까닭 모를 외로움으로 가슴 시릴 때가 있다. 초라한 모습으로 껌 한 통을 들고 자비를 구하는 할머니가 다가온다. 모두가 외면하며 모른 체한다. 할머니의 눈을 보다가 커피 한 잔의 행복을 포기하니 할머니는 환하게 웃으며 몇 번이고 절을 하며 고마워한다. 나도 언제나 모른 체하며 외면하는 부류였지만 할머니께 내민 조그만 관심으로 커피보다 진한 행복을 느낀다.

대화가 끊긴 곳에서는 소통이 사라지고 소통이 끊어지니 상대를 이해하지 못해 자기 목소리만 커지는 세상이 되었다. 미디어 속에서만 소통하기에 표정이 사라진 군중 속에서, 오늘도 나는 혼자가 되어 외로움을 느낀다. 외로움 자체도 잊은 채 '혼밥', '혼술' 등의 혼자의 문화가 커지는 세상이다.

우물 속에서 자신을 되찾은 오카다처럼 외로움 속에서 힘들었던 나를 구원해준 것은 결국 내 마음의 태도였음을 되짚어본다. 누군가가 밧줄을 내려 구원해 줄 수는 있겠지만 마음을 다독이고 추슬러 일어날 힘을 얻게 만드는 것은 결국 나 자신이었다. 군중 속에서의 외로움의 열쇠는 나 자신이, 그래도 특별한 존재임을 깨닫지 못함이며 남을 사랑하고 배려하는 마음이 부족했기 때문임을 깨닫는다. 나 스스로가 남에게 따스함이 되고 남과 나를 사랑하며 살아야겠다고 마음먹으며 지하철을 내려 우물 문을 열고 밖으로 나왔다. 저만치 가로수 위에서 보이지 않는 새 한 마리가 끼이이익 시간을 감고 있다. 나는 가끔 이렇게 우물 속을 들락거리며 미완성의 나를 담금질한다.

이름을 불러준다

-순응하는 삶

"아름다운 나의 사람아"하고 가만히 불러본다. 부르는 입속에서 동글려진 부드러움이 새어 나오고 가슴이 스펀지처럼 말랑말랑해진다. 입에서 나온 말이 동글동글 바람을 밀어내며 부드러운 파장이 되어 퍼져 나간다.

참 신기하다. 거친 말을 할 때면 입속의 혀도 날이 서 공기를 가르고 소리에 심이 박히며 거칠어지지만 순한 말을 할 때면 입술도 혀도 동글어지며 소리도 뭉게구름처럼 부드럽고 순해진다. 얼굴 근육도 느슨해지고 부드러워져 웃는 얼굴을 한다. 순하지 못한 말을 할 때면 얼굴 근육도 독기가 서려 긴장되고 팽팽해진다. 그런 말을 할 때 자기 얼굴을 쳐다보는 사람은 아무도 없기에 상대방을 향해 이지러진 얼굴을 마음 놓고 휘두른다. 소리가 커짐과 동시에 마음의 평화도 사라져 버린다.

오늘은 제일 먼저 이슬을 머금고 뽀얀 얼굴을 하고 있는 방울꽃의 이름을 불러주었다. "방울꽃아. 안녕?" 잎새에 수줍은 듯 숨어있던 꽃이 환하게 웃는다. 주차장 쪽으로 돌아가 애완견 토토의 이름을 불러주니 그도 꼬리를 흔들고 몸을 비비며 반긴다.

날마다 꽃과 나무 등 주변의 이름을 일일이 불러주며 하루를 시작한다. 오늘 할 일을 나열하고 꼭 해야 할 일과 제일 먼저 해야 할 일을 앞에 세운다. 젊었을 때는 하고픈 일도 많았지만 해야 할 일들에 치여 밀쳐 두고 살았다. 그런데 시간 여유가 많아지니 오히려 하고픈 일이 많이 줄어들었다. 아니 하고픈 일은 많지만 욕심부리지 않고 한 두 가지만 하려고 마음먹는다. 그만큼 주변을 돌아보며 이름을 불러줄 마음의 여유도 넉넉해졌다.

여유로운 시간이 주어지자 무엇부터 할까를 궁리했다. 제일 먼저 도시를 벗어나 살아보자고 마음먹은 우리는 여기저기 자연을 벗 삼아 깃들일 은신처를 물색하며 전국을 돌아다녔다. 시골에 둥지를 틀었다는 남편의 대학 동기를 찾아 경상남도 거창으로 갔던 적이 있었다. 산 좋고 물 좋은 곳에 그림 같은 이층집을 지어 살고 있는 친구는 집 짓느라 머리가 허연 할배가 되어있었다. 그 친구를 보면서 집은 짓지 말자고 마음먹고 그때부터는 지어진 집을 보러 다녔다. 그러다 서울과 가깝고 시골스러운 양평 언저리에 터를 잡았다.

나는 서울 토박이지만 시골 생활을 무척 좋아한다. 발밑이 안 보일 정도로 캄캄한 밤에 별을 올려다보며 신비 속으로 빠져드는가 하면 풀벌레 소리만 들리는 정지된 고요 속에서 빗소리를 들으며 차 한잔하는 여유로움. 이러한 것은 시골을 잠깐 다녀가는 도시 사람들은 도저히 알지 못할 우리만의 즐거움이다.

철 따라 피고 지는 다년생 꽃들은 해마다 식구들을 늘리며 퍼져가고 꽁무니에 불을 달고 날아다니는 반딧불이는 늦여름에 펼쳐지는 한여름 밤의 축제다. 밤사이 벌어지는 꽃봉오리의 은밀함은, 십 년을 들여다보아도 알아내지 못한 신비의 수수께끼이다. 들여다보며 그들이 하는 이야기를 들어주고 일일이 이름을 불러주다 보면 마주 보는 횟수만큼 웃음으로 화답하며 튼실하게 살을 찌운다.

시골에 살면서 '사람도 자연이다.'라는 생각을 참 많이 한다. 우직하게 한 곳에 서 있는 나무들이나 길가에 피어있는 풀꽃처럼 나 또한 자연 속에서 살아가는 하나의 자연인 것이다. 바람이 불면 부는 대로 비가 오면 오는 대로 자연의 순리대로 순응하며 사는 것이 가장 자연스러운 삶의 방식이라는 걸 알았다. 앞에 있는 대상을 거스르지 않고 서로의 이름을 불러주며 하나가 될 때 자연은 나에게 진정한 자유와 평화를 준다는 것을 깨달았다.

최선을 다한다는 생각으로 항상 긴장하며 살아왔지만, 모든 일은 나의 의지가 아니라 높으신 이의 섭리에 따라 이루어지고 있었다. 순리에 따라 투정 부리지 않고 담담하게 살아갈 시간이 얼마나 남아 있을까. 질경이, 민들레의 삶에서도 위로받는 법을 깨닫는다. 담백한 마음에 삶을 살아가는 기쁨과 행복이 가슴 가득 넘실거린다.

오늘도 주변의 모든 것에게 이름을 불러준다. '아름다운 나의 소나무야, 아름다운 나의 산솔새야, 아름다운 나의 친구야'하고. 입에서 나온 동글려진 바람이 도르르 굴러가며 상대를 미소짓게 한다. 눈을 마주하고 "아름다운 나의 사람아." 하고 불러주면 반응하는 그들의 미소가 꼬리를 물며 사랑으로 사랑으로 번져 나간다. 바람을 타고 멀리 가며 듣는이에게 행복을 안겨준다.

잃어버린 봄과 나의 일상

✳

철 따라 순서대로 올라오는 꽃들은 내게 감탄과 신기함을 안겨 준다. 그런데 요사이에 뭔가 이상 증후가 나타나고 있다. 봄꽃이 피기 시작함과 동시에 여름 날씨가 다가와 봄꽃, 여름꽃이 한꺼번에 피고 지는 기이한 현상이다. 만개한 봄 위에 여름이 포개지고 있다. 자연은 오랜 기다림과 끈기를 가지고 자신이 설 자리에 섬으로써 제 모습을 간직하는 법인데 마음 바쁜 현대인을 닮아가는지 서둘러 피고 진다.

정원엔 수선화, 튤립, 모란, 작약, 자두꽃, 살구꽃 등 거의 모든 꽃이 함께 피고 지고 있다. 5월 말부터 6월 초에 가장 화려하던 우리 집이 4월 중순인데 벌써 온갖 꽃으로 화려한 모습을 하고 있다. 색깔별로 무리 지어 피는 튤립도 다 피고 백합도 손가락을 더듬으며 싹 틔울 준비를 한다.

제시간을 지키며 꿈쩍 않고 있는 녀석은 테라스 지붕을 감고 있는 덩굴장미뿐이다. 6월 초에 짙은 분홍색 꽃을 피워 현관의 기둥과 지붕을 붉게 뒤덮으며 온 집안을 장미 향으로 가득 채운다. 나는 '설레임'이라

불리는 이 녀석들이 피는 6월에는, '타샤 정원'의 주인공이나 된 것처럼 행복한 여인이 된다. 이상기후에도 꿈쩍 않는 녀석들이 여간 믿음직하지 않다.

싱가포르에서 금융 일을 하는 아들이 역으로 가는 경제 흐름으로 큰 어려움에 직면했다. 미국과 중국의 정세에 요동치는 증권계에도 이상징후가 나타나는 모양이다. 많은 회사와 사람들이 견디지 못하고 철수를 하지만 의연하게 대처하는 아들이 '설레임'을 닮아 믿음직해 보인다. 황야를 방황하는 모세가 믿음으로 어려움을 극복하며 국민을 이끈 것처럼 아들도 그의 믿음에 따라 이 길을 견디고 있다고 본다. 그러다 보면 지붕을 온통 붉게 물들이는 '설레임'처럼 진한 향기를 발할 날이 오리라. 어쩌면 봄을 포갠 여름이 아들에게는 붉은 장미를 빨리 터트리는 계기가 될 수도 있지 않을까.

내가 제일 좋아하는 할미꽃이 시기를 놓쳤는지 흔적도 없다. 어린 시절을 가장 잘 되살려주던 꽃이 해마다 세 군데서 수북이 피어나 유년 시절로 돌려놓곤 했는데 올해는 아예 보이지도 않는다. 봄을 기다리며 나올 준비를 하다가 기온이 올라버리니 아예 자진해서 백기를 들었나 보다.

순서대로 피고 지며 열매가 영글어가는 법인데 자기의 때가 되어 피어나야 할 꽃들이 서둘러 피고 지니 자연도 갈피를 못 잡을 것 같다. 먹거리들도 여유를 주지 않고 속성으로 재배하기에 모양은 예쁘지만 옛날 먹거리보다 몇십 분의 일도 안 되는 영양소를 가지고 있다 한다. 자연에서 피는 꽃들은 비바람도 맞고 꽃샘추위도 겪으면서 자라기에 웬만

한 추위와 비바람엔 끄떡도 하지 않는다. 이런 시련을 겪지 않은 녀석들은 때깔만 좋고 견고하지 못하다. 짧아지는 봄에 속성이란 단어가 겹치니 묘하게 커다란 구멍이 하나 보이는 기분이다. 봄과 여름 사이에 사라진 기다림의 시간이 그 구멍에서 설 자리를 잃고 서성이다 가라앉는다.

서울에서 나흘을 보내는 나는 주말마다 이곳 시골집에 와서야 비로소 가슴 가득 숨을 들이켜며 살아있는 기분이 든다. 도시에서 묻혀온 답답함과 어수선함, 조급증을 내려놓고 붉게 피어오르는 튤립과 보라색 무스카리, 청초한 방울꽃 등을 보며 마음을 달랜다. 자식도 모두 분가시키고 느리게느리게 살고 싶어 시골로 내려왔건만 손주를 봐줘야 하는 요즘의 노인세대에서 비켜날 수 없어 나흘을 서울에 사흘은 시골에서 생활하고 있다. 잃어버린 봄처럼 나의 한적한 시골 생활도 반쪽은 반납 하고 있는 것이다.

잃어버린 봄을 아쉬워하고 있는데 몇 년 동안 꽃만 피고 말던 홍매실 나무에 매실이 주렁주렁 달렸다. 더위 때문일까. 아카시꽃은 남쪽부터 북쪽으로 올라가며 한 달 이상 순차적으로 피어나는 꽃이다. 그런데 요사이는 남쪽과 북쪽이 거의 동시에 피었다 서둘러 지기 때문에 꿀 채취량이 예전의 절반도 안 된다고 한다.

성급하게 더워진 공기가 순환의 질서를 교란하며 자연의 시계를 서둘러 돌리고 있다. 서서히 여물어야 할 씨앗과 열매들이 쏟아내리는 햇볕을 받으며 성급하게 열매를 익힌다. 잃어버린 봄이 어떠한 결과로 나타날지 모르겠지만 일상의 의상이며 먹거리에서 경제의 흐름까지 연쇄

적으로 영향을 주고 있음을 부인할 수 없다. 서서히 발효되고 완숙되어야 할 모든 것들이 서둘러 피고 지며 제품으로 쏟아져 나온다. 그런 가운데서도 바람직한 아이디어로 한 발자국씩 좋은 방향으로 나아가는 밝은 빛을 바라본다.

지난한 여름

✳

안개 낀 새벽이다. 산허리에 걸려있던 안개가 시간에 따라 점점 내려오더니 이윽고 시야를 가려버렸다. 눈에는 보이지 않지만 피부로 감지되는 수증기가 공기에 무겁게 걸려있고 잔디에는 구슬 같은 이슬방울이 총총히 맺혀있다. 이어지는 무더위로 엊저녁까지 축 늘어져 있던 화초들이 생기 띤 얼굴로 환하게 웃고 있다. 문득 사막에서 살아가는 생명체에게 이른 새벽의 이슬방울은 신의 선물이 아닐까 하는 생각이 든다. 눈에 보이는 저 안개 너머로는 아마도 불을 품은 태양이 한발 한발 걸어오고 있으리라. 6월 초부터 30도를 오르내리며 올여름 다가올 무더위를 예고하더니 7월 중순부터는 아예 35도를 훌쩍 넘어 기며 40도가 고지인 양 헐떡거린다.

아침에 안개가 끼면 덥다고 하던데 오늘도 꽤나 더울 모양이다. 늦은 아침을 먹고 병원으로 가기 위해 집을 나섰다. 지하철을 기다리는 용문역에선 아침부터 부채를 부치며 더위를 달래는 풍경이 연출된다. 지하철을 타니 전혀 딴 세상에 온 듯 시원하여 정신이 번쩍 든다. 독일에 있는 친구가 내가 매일 도서관으로 피서 간다고 하니 독일엔 은행에도 에어컨이 없다며 도서관에 에어컨이 나오느냐고 묻는다. 그들보다 우리나라가 더 풍요로운가 하며 잠깐 어지럼증이 난다. 우리나라는 도서관도, 은행도, 기타의 공공시설에는 에어컨이 나올 뿐 아니라 지하철은 시원하다 못해 춥게 느껴진다.

두 시간을 달려 압구정에서 내리니 어느덧 한낮이다. 김현승 시인의 「플라타너스」는 삶에 대한 외로움과 슬픔을 그와 함께 걸어가며 사랑을 노래해 주었다지만 지금 도심의 플라타너스는 파란 하늘에 머리를 박은 채 시끄러운 매미 소리만 들릴 뿐 그늘도 되어 주지 못한다. 거침없는 태양열을 받아 잘 달궈진 보도블럭은 온몸의 열기를 여과 없이 뱉어내고, 반사하는 열기로 하여 뜨거워진 공기는 사정없이 폐 속으로 달려들어 우리 몸을 달군다. 바람도 햇살에 마비되었는지 아무런 기척도 없다.

한 시간의 치료를 마치고 다시 거리로 나왔다. 그동안 보도는 더욱 달아 후끈거리고 내리쬐는 햇살은 따갑게 피부에 내리꽂는다. 아른거리는 햇살 속을 걸어가는 발자국들은 데워진 보도블럭을 빠른 템포로 내딛는다. 더위에 놀란 사람들이 밖으로 나오지 않아 거리는 오히려 한산하다. 오늘은 차를 가지고 나올 걸 잘못했나 하는 후회가 들지만 올해부터는 가능한 장거리 운행을 하지 않겠다고 한 나와의 약속을 잘 지키리라 마음을 고쳐먹는다.

문득 기억 저편에 있는 '더위' 하나가 불거져 나온다. 결혼을 하고 이 듬해에 첫 아이를 가졌는데 그해 여름이 그렇게 더웠다. 결혼 일 년 만에 뜻하지 않은 사정으로 어머님과 시집 식구 모두와 살림을 합치게 되었다. 살림의 규모는 커지는데 사정은 여의치 못하여 지대가 조금 높은 곳으로 이사를 갔더니 생각지도 않게 낮에는 수도가 잘 안 나오는 것이었다. 그 시절엔 수도관들이 열악하여 높은 지대엔 수돗물이 잘 나오지 않는다는 것을 경험이 없는 우리는 알지 못했다. 그리하여 밤마다 큰 드럼통에 물을 하나 가득 받아 두어야만 했다. 그전까지는 물 때문에 고생해 본 경험이 없었기에 그해 여름은 나에게 잊을 수 없는 특별한 여름이 되었다.

요사이 40도를 육박한 고온이 장기적으로 이어지니 응급실을 찾는 온열환자가 많아졌다. 밤이 되어도 온도가 내려가지 않는 열대야가 한 달 가까이 지속되고 있다. 직장에서는 에어컨을 켜고 있어 다행이지만 쪽방촌에 사는 사람들과 경제 사각지대에 있는 사람들은 어쩌지 못하는 더위를 온몸으로 받으며 고생을 한다. 그들뿐이랴. 직업상 더위를 피할 수 없어 더위와 싸우는 사람들이 우리 주변엔 참으로 많다. 이런 때일수록 나만을 생각하며 함부로 처신해서는 안 될 것 같다.

올해가 유별나게 더운데 그중에서도 서울이 유난히 더 덥고 열대야도 제일 많이 발생했다. 아마도 건물마다 뿜어대는 에어컨의 열기와 자동차로 인한 더위가 아닐까. 아스팔트와 시멘트로 뒤덮인 도심의 문제가 심각하다. 지리적인 문제도 있겠지만 유럽은 더위를 에어컨만으로 해결하려고 하지 않고 더위를 당연시하며 사는 것 같은데 우리는 너무 유별스러운 게 아닐까.

자메이카의 '우사인 볼트'가 또다시 금메달을 땄다. 그가 세계에서 가장 빠른 사나이가 될 수 있었던 건 어떠한 환경에서도 잘 견딜 수 있는 강인한 체력을 길렀기 때문이라 했다. 온실 속의 화초처럼 외부에서 해결책을 찾을 게 아니라 더위를 딛고 일어설 수 있는 강한 체력과 강인한 정신력을 길러 슬기롭게 더위를 헤쳐나갈 수 있으면 좋겠다.

집에 돌아오니 또다시 축 늘어진 화초들이 갈증을 호소하며 지쳐가고 있다. 찌르르 풀벌레 소리가 피곤한 팔다리 사이로 스며든다. 그들의 노랫소리에서 희미한 가을의 내음이 배어 나온다. 머지않아 머릿결을 스치는 찬바람을 음미하며 옷깃을 여밀 날도 멀지 않으리라. 나는 올해의 여름을 '지난한 여름'이라 부르기로 했다.

체감 시간

＊

하루는 얼마나 많은 일을 해야만 지나가고 반면 또 얼마나 헛되이 보내기 쉬운가. 시간은 누구에게나 하루에 24시간이 주어진다. 그 24시간이 어떤 이에게는 너무나 짧아서 할 일도 다 못하고 보내는 귀한 시간이 되는가 하면 어떤 이에게는 남아나는 시간을 주체할 수 없어 고민하는 부담스러운 시간이 된다.

어렸을 때는 시간이 더디 가는 것처럼 느껴지곤 했다. 어서 빨리 커서 나도 언니처럼 학교에도 가고 싶고 어른의 간섭 없이 원하는 것을 마음껏 해보고 싶었다. 주변의 모든 것이 모르는 것 투성이고 호기심을 유발하기에, 그것을 충족시키기 위해서 하루가 짧을 만큼 흥미진진한 세상이었다. 그런데 나이가 들어갈수록 호기심이 발동하지 않고 같은 일상의 반복이다 보니 시간이 더디 가는 것처럼 느껴진다.

우리는 가끔 '체감 온도'라는 말을 한다. 피부로 느끼는 실제의 온도가 현재의 온도와 다르게 느껴질 때 하는 말이다. 그렇다면 시간에도 '체감 시간'이라는 말이 적용될 수 있지 않을까. 주어진 삶의 시간 중에서 지금 나는 어느 지점에 와 있는 걸까. 그동안 나만을 위한 시간을 얼마나 누리며 살아왔는가.

젊은 나이에는 이것저것 따져 볼 여유도 없이 해결해야 할 많은 문제가 항상 누적되어있었다. 아이들도 잘 키워야 한다는 책임감으로 '시간'이 아닌 '사명감의 순간들'을 보냈다. 인생의 계절들을 하나씩 밟아가면서 삶에 질척거리지 않고 나를 찾기 위해 새로운 이정표를 만들어 가며 살고자 했다. 그렇게 만들어낸 새로운 시간은 나를 받쳐주며 지켜주었다. 나를 일으켜 세워주는 새로운 시간 속에서 희로애락도 나름 행복도 느끼며 주어진 인생의 굵직한 구비 구비를 살아왔다.

옛날이야기나 동화책을 보면 '그리하여 행복하게 살았답니다.'라고 끝나는 경우를 많이 본다. 이처럼 삶의 목적은 행복하게 사는 것이다. '오늘도 행복하게.'를 뇌이며 하루를 시작한다. 단순한 생활 속에서도 별다를 것 없는 일정표로 꽉 차 있기에 24시간이 한 묶음이 되어 통째로 넘어가는 듯 느껴진다. 저녁나절이 되면 '오늘 하루도 가는구나!'하며 한정되어 있는 시간을 허무하게 흘려 버린 것이 아닌가 하는 생각이 들 때가 있다.

태어날 때는 똑같이 빈 몸으로 태어나지만, 삼각형이 한 점에서 벌어져 나중에는 만나지 못할 정도로 크게 벌어지듯이 자기의 노력 여하에 따라 살아가는 모습이 크게 달라진다. 누구의 뜻에 의해서가 아니라 본인 스스로 시간을 잘 다스려 자기의 미래 모습을 만들어 가야 하리라. 그러기 위해서 일생을 크게 10년 단위로, 또다시 일 년 단위로 잘게 부수어 1년 후의 나의 모습, 10년 후의 나의 모습을 그려보며 살아간다면 어떨까. 지금까지 그냥저냥 남의 인생을 살아온 나는 지금부터라도 살아가야 할 날들을 5년 단위로 잘라 생각하며 살아보기로 했다. 만약 앞으로 살아갈 날이 5년밖에 남아있지 않다면, 지금 나는 무엇을 어떻게 해야 할까.

언제까지라도 내 의지대로 살아갈 수 있다고 생각하지만 네 발로 걷다가 두 발로 걷다가 세 발로 걷게 되는 것이 인간이라고, 나중에는 두 발로 걸을 수도 없기에 재산이든 신이든 무엇인가를 의지하게 되는 것이리라. 성경에도 천국에 들어가려면 어린아이같이 되라고 했듯이 작은 것에도 기뻐하며 전적으로 엄마에게 의존하는 어린아이처럼 순수해질 수 있다면 얼마나 좋을까. 지난 시간을 돌아볼 때 어찌할 수 없는 한계에 달할 때마다 나를 있게 하신 그분께 더 바짝 다가가곤 했다.

삶 속에서 시간은 모두 증발해버리지만 그리움은 남는 법이기에 안개처럼 사라지는 시간 속에 지금 나는 어떤 그리움의 향기를 심으며 살고 있는지 궁금해지곤 한다. 지금 내가 느끼는 시간의 체감은 어떠한가. 만족한 시간의 흐름을 느끼며 빨리 가고 있는가, 아니면 느리게 가고 있는가. 눈앞에서 흐르는 강물이 어제의 강물이 아니듯이 앞으로 다시는 만날 수 없는 지금의 시간이 흐르고 있다. 지금, 이 시간을 몸으로 느끼며 우선 앞으로의 5년을 체감하며 살기로 했다.

소리, 스케치하다

✳

　창밖엔 벌써 하루를 연 새들의 지저귐이 요란하다. 싱그러운 아침이다. 가벼운 차림으로 아침 산책을 나선다. 길 건너 한 블록을 걸어가면 '눈썹 꽃길'이란 산책로가 나오는데 광교산과 이어지는 이 길은 이름처럼 예쁘고 나무가 많아 작은 숲길을 이루고 있다. 허리가 굵은 벚나무 밑으로는 여름 장미와 망초들이 얼굴을 내밀고 나무 사이를 오가는 새소리가 도르르 마음을 연다. 잠시 나무 의자에 앉아 그리그의 페르귄트 모음곡 〈아침의 기분〉을 들으니 마음이 차분해지며 움직이는 동안 쉬지 않고 일하던 뇌도 비로소 쉼을 갖는다. 소리는 나를 비우기도 하고 채우기도 한다.

　산책을 마치고 아파트에 들어서니 이른 출근을 위한 빠른 발걸음 소리가 하루의 시작임을 알린다. 집을 나와 지인을 만나러 카페에 들렀다. 음악이 흐르는 카페는 젊음이 넘치고 커피 향을 즐기며 마주 앉은 사람들의 언어는 부드럽고 정감 있다. 구석에 앉아 자판기를 두드리는 젊은이가 있는가 하면 스마트폰을 들여다보며 미소짓는 아가씨도 있다. 이곳에선 갖가지 소리가 하나로 뭉뚱그려지고 그 위에 카페의 음악을 얹어 살아있는 분위기를 연출한다.

옆 테이블에서는 우리나라와 카타르전 축구 경기를 놓고 갑론을박 중이다. 2002년 월드컵 때의 일이다. 우리나라가 출전하는 날이면 3개월 된 갓난아이를 안고 찾아온 큰아들 내외와 저녁을 함께하며 경기를 즐겼다. 골이 들어갈 때마다 모두가 흥분하여 소리를 지르는 바람에 그때마다 아기가 깜짝 놀라 숨이 넘어갈 듯 자지러졌다. 소리 지르지 말자고 아무리 약속을 해도 저절로 터져 나오는 고함은 우리집뿐이 아니어서 아파트가 울릴 지경이었다. 그 모습은 월드컵이 끝날 때까지 계속되었다. 이후로 나에게 축구는 손녀의 울음소리가 배경으로 깔려 나오는 특별한 경기가 되었다. 그리움과 추억은 마음에만 있는 것이 아니라 소리에도 있음을 처음으로 알았다.

거실에서 내려다보면 초등학교 운동장이 보이는데 그곳에서 전해지는 아이들의 소란스러움은 기쁨과 행복감을 안겨준다. 거리가 있어 잘 들리지는 않지만 움직이는 모습으로도 소리가 느껴진다. 부모 손을 잡고 교문을 들어서는 지각한 녀석을 보거나 짓궂은 녀석의 장난에 소리치며 도망가는 여자애를 보며 웃음보를 터트린다. 점심시간에 운동장으로 뛰쳐나오는 녀석들의 와자함 속에서 저출산의 근심은 잠시 잊고 새싹들의 희망을 읽는다. 소리로 행복해지는 시간이다.

수업이 끝나면 소란도 사라지고 텅 빈 운동장만 남는다. 정지된 채 고요만 남은 운동장으로 저녁이 몰려온다. 저녁을 먹은 후 텔레비전으로 〈그린 북〉이란 영화를 보았다. 교양과 우아함을 갖춘 흑인 천재 피아니스트 셜리 박사가 입담과 주먹만 믿고 살아가는 백인인 토니 발레통가를 운전기사로 고용한다. 셜리 박사는 백악관에서도 연주한 바 있는 명망 있는 피아니스트지만 흑인의 삶을 극복해 보려고 일부러 흑인에 대한 편견이 많은 남부로 연주 공연을 떠난다. 여행 내내 어렵고 힘든 여정을 헤쳐나가는 과정을 그린 영화로 그와 운전기사를 통해 사랑과 우정을 펼쳐 보인다. 흑인에 대한 멸시와 폭력의 참담한 현실에 박사의 현란한 피아노 소리가 한데 뒤섞인다. 인생살이의 극과 극을 대비시키며 전개되는 피아노 소리의 파동이 가슴을 뭉클하게 한다.

가끔은 피곤함과 더불어 쉼을 줄 수 있는 나만의 시간이 간절해진다. 산책길에서나 한밤중에 조용한 음악을 들으며 나와 마주 앉노라면, 비로소 나에게 말 걸어오는 주변의 미미한 속삭임이 들리고 나와의 대화가 가능해진다. 속삭임뿐 아니라 내 몸을 노크하는 내면의 소리도 들을 수 있다. 여태 내게 가만~하게 들려주는 이 소리에는 둔감하면서, 엉뚱하게 남의 시선을 의식하며 내가 아닌 남의 삶을 살고 있음을 눈치채기도 한다. 그러나 내면의 소리는 나를 나답게 하는 소리이기에 가끔은 나의 울림을 듣기 위해 조용한 공간을 찾아 든다.

오늘 하루 소리로 쉼을 얻기도 하고 행복과 그리움에 젖기도 했다. 잡다한 일상의 소리에서 에너지와 꿈을 얻으며 앞으로 나아간다. 아이들의 소리는 이슬을 머금은 여린 나무가 청초한 푸른 숲이 되는 희망의 소리다. 소리는 귀로만 듣는 줄로 알지만 실은 그리움으로도 듣고 움직이는 모습이나 가슴으로도 듣는다. 하루는 소리로 시작하여 소리의 소실(消失)로 마감하는 것이기에 조용히 나와 마주 앉아 오늘을 마무리한다. 내일도 자연의 소리로 시작하기 위해 '눈썹 꽃길'을 걸을 것이다.

키 작은 꽃

＊

　　학기 초가 되어 키재기를 하면 나는 거의 앞줄에 섰다. 교회에서 '꼬마별 큰 별'의 성극을 할 때도 나의 배역은 꼬마별이었다. 그 당시만 해도 유별나게 큰 사람이 그리 많지 않았기에 작다는 것이 크게 문제되지도 않았다. 작은 고추가 맵다는 말을 들으며 스스로 자유롭고 당당했다. 키가 문제가 되어 인위적으로 키를 줄이고 키우는 어떤 시도도 없었다. 그러나 요즘은 키가 화두인 세상이다.

　한국인의 키가 놀랄 만큼 자라 외국인과 비교해도 별로 뒤지지 않는다. 통계자료에 의하면 최근 30년 동안의 성장이 두드러져 2018년 기준 20세의 평균 키가 남성 173.5cm, 여성이 161cm로 나타나 아시아에서도 단연 제일 크다고 한다. 옛 문헌에도 일본이나 중국보다 우리 민족의 체격이 크고 힘도 셌다고 나온다. 아마 그동안은 전쟁으로 하여 섭생을 잘하지 못했기 때문에 크지 못했다는 생각이 든다.

　거리를 걷다 보면 잘 생기고 쭉쭉 뻗은 젊은이들이 많아 보기에도 흐

못하다. 키가 크면 스스로가 당당하고 자신감이 넘쳐 모든 면에서 우위를 차지하는 경향이 나타난다는 것도 사실이다. 그러다 보니 자기 아이가 키가 작아 불이익을 당할까 걱정하는 부모들이 늘어났다. 미리부터 신경을 쓰며 아이를 데리고 다니며 성장예측검사를 하거나 성장촉진제를 맞히기도 한다. 어느 때보다 키가 문제가 된 세상이 되었다.

며칠 전 친구와 삼청동 문화거리를 걷다가 삼청동 경찰서에서 인사동으로 빠지는 좁은 골목길로 들어섰다. 감고당길이라 이름 붙여진 이 길은 젊음의 활기가 넘치고 있었다. 가게마다 예쁘고 앙증맞은 모습의 갖가지 물건들이 펼쳐져 있고 커피 냄새가 골목을 휘감았다. 마침 주말이라 젊은 디자이너들이 수작업으로 만든 공예품들을 파는 부스가 골목 끝까지 이어져 있었다. 주말마다 이런 부스를 지자체에서 열어주고 있다고 한다. 은공예, 가죽공예 한지공예. 천연염색을 한 헝겊 공예와 액세서리들이 젊은 디자이너들의 아이디어로 만들어져 세상에서 하나밖에 없는 작품들을 선보이고 있었다.

부스들이 있는 맞은편 담 밑으로는 작은 정원을 연상케 하는 갖가지 꽃들이 심겨 있었다. 외국 관광객이 많이 찾는 길이라 그런지 길 중간중간엔 포토존도 있어 사람들을 즐겁게 했다. 담 밑에 심어진 꽃들은 하나같이 키가 작은 꽃들이었다. 마거릿, 패랭이. 채리 세이지 등 여러 종류의 꽃들이 은은하고 다양한 색으로 아름다운 하모니를 이루고 있었다. 한꺼번에 많은 꽃을 색깔별로 심을 수 있다는 것은 키가 작기에 가능한 일이리라.

꽃들을 보며 얼마 전 용인에 사는 친구 집에서 본 키 작은 꽃들이 생각났다. 펜션을 운영하는 그 친구에게서 우연히 키 작은 꽃에 관한 이야기를 들었다. 이들은 모종을 내기 전에 성장 억제제를 뿌려 억지로 성장을 멈추게 하여 난쟁이 꽃이 된다는 것이다. 그 말이 떠오르자 작은 꽃들의 붉고 푸른색이 갑자기 그들의 피와 눈물로 보였다.

과학의 발달은 삶을 풍요롭게도 이롭게도 하지만 살아있는 생명체에게 인위적 변화를 주는 행위가 타당한 것인가를 생각해보게 한다. 변종을 만드는 행위는 인간만을 위한 이기주의적 행위라 보는데 정말 이것이 인간에게 유익을 주는 것일까 자꾸 물음표가 생긴다. 꽃처럼 관상용으로 보는 것은 모르겠으나 유전자 변형이다 뭐다 하며 본래의 모습을 잃어버린 동식물들이 얼마나 많은지 모르겠다. 아이러니하게도 그러한 발전이 있기에 인구가 몇 배나 늘어도 굶어 죽지 않고 살아가고 있고, 키 작은 꽃도 작은 공간에서 한꺼번에 많이 피며 효율적인 효과를 내는 것이다.

도심의 가로수 밑에서 키 순서대로 심어진 꽃들이 지나는 발길을 즐겁게 한다. 마당에서 자연스럽게 크는 꽃들이 멋스럽고 아름다울 수도 있지만, 빌딩이나 백화점처럼 한정된 공간에서 만나는 작은 화단은 또 다른 매력이 되어 주목을 받고 있다. 인천공항에 들어서자마자 작은 정원을 만나면 피로가 가시며 마음이 편안해진다. 작은 공간 안에서 정원에서 보던 꽃들을 한꺼번에 만난다는 건 잠시나마 고향에 돌아간 듯한 착각을 느끼게도 해준다. 누구에게나 행복을 준다는 건 좋은 일이 아닌가.

큰 키를 좋아하는 사람과 작은 키에도 만족해하는 꽃들이 함께 공존하는 세상이다. 키가 크건 작건 주어진 대로 자기를 마음껏 드러내며 사는 것이 행복이 아닐까. 어쩜 앞으로의 시대는 키 작은 꽃들이 대세인 세상이 될지도 모를 일이다.

풀들의 기도

✳

　　검은 구름이 무거운 몸을 풀며 품었던 씨앗을 모조리 쏟아내고 〈콜 니드라이*〉의 회색 선율이 폭우에 얹혀 흐느낀다. 천둥이 우르릉 빗소리를 증폭시키자 정체된 공기가 뒤척이며 폐 속으로 들어온다. 오늘처럼 눅눅한 바람이 낮은 포복을 하는 날이면 마음마저 흥건히 젖어드는데 이때를 놓칠세라 숨어있던 신경세포들이 일제히 들쑤시며 공격해댄다. 무심한 듯 내리는 비는 장마를 부르고 나는 통증으로 굳어진 몸을 누이며 꼼짝할 수가 없다.

　　나를 모체로 십여 년째 동거하는 류머티즘이란 녀석은 비를 아주 좋아하는 것 같다. 비 오는 날이면 평소보다 몇 배 더 관절의 여기저기를 공략하는 통에 나도 모르게 근육이 수축하여 어깨통증과 더불어 나를 옥

---

*콜 니드라이(신의 날) : 원래 유대교에서 열흘 동안의 회개 날을 마치고 마지막 속죄일 전날 밤에 부르는 히브리인의 노래인데 막스 브루흐가 이 선율을 주제로 죄를 회개하는 비통함과 신의 자비를 호소하는 듯한 간절함을 깊은 첼로의 톤에 담아 완성하였다. 독일인이지만 유대인이라는 오인을 받아 히틀러에 의해 한때 금지된 곡이 되기도 했다.

죄인다. 이러기를 13년째이다 보니 궁여지책으로 나 스스로 녀석들에게 길들여지기로 했다. 행과 불행은 마음먹기 마련이라 했던가. 죽는 병은 아니니까 하며 성질이 가라앉을 때까지 얌전히 기다린다. 오늘도 커피 향과 어우르며 〈콜 니드라이〉의 선율에 기대어 녀석을 달래본다. 지금처럼 오래도록 비 오는 날이면 히틀러가 금지했던 이 곡이 애창곡이 되어 나를 감싼다.

찢어진 비닐우산을 쓰며 학교 가던 때가 있었다. 동란 후 집이 부족할 때라 보통 한 지붕 아래 여러 가옥이 살았는데 다행히 우리 집은 이북에서 내려오자마자 적산가옥을 사서 들었기에 집 걱정은 하지 않아도 되었다. 중국을 상대로 무역업을 하시던 아버지였지만 낯선 타향에서의 삶은 쉬운 일이 아니었다. 세상이 바뀌어 몸으로 부딪혀야만 살 수 있는 현실이 되었지만 남의 밑에서 일해본 경험이 없는 아버지는 무능하기 짝이 없었다. 아무짝에도 쓸모없는 자존심만을 내세우며 빛 좋은 개살구 같은 감투만 여럿 가지고는 정작 경제활동엔 손을 놓고 계셨다.

가지고 온 재산 다 까먹고 자식을 굶길 지경이 되자 보다 못한 어머님이 건어물을 비롯한 식료품 가게를 시작하셨다. 병약한 분이었지만 하루도 거르지 않고 가게에 나가셨는데, 장마철만 되면 당신의 몸을 내어 맡기며 여기저기 안마를 부탁하시곤 했다. 당시에는 류머티즘이라는 병명이 알려지지도 않았던 터라 그것이 그렇게 힘들고 고통스러운 병이라는 것을 누구도 상세하게 알지 못했다. 밤마다 몸을 뒤척이며 이곳저곳을 두드리는 모습을 보면서도 '고단하고 힘들어 그러시는구나.'라는 생각으로 안타까워할 줄만 알았다. 장마철이 되면 더 힘들어하시는 모습을 보면서도 진짜 고통받고 있는 것은 고단함이 아니라 통증이라는 사실을 나이 어린 우리는 헤아리지 못했다. 뒤늦게 같은 병을 앓고 나서야 어머니의 힘든 나날을 몸으로 이해하게 되다니 정말 형편없는 자식이다.

거센 바람을 동반한 폭우가 여기저기 비보를 몰고 온다. 나라를 관통할 줄 알았던 태풍이 다행히 중국으로 방향을 틀었다는 소식에 모두가 가슴을 쓸어내린다. 어릴 적엔 왜 그렇게 한반도를 자주 관통하며 심술을 부렸는지 해마다 태풍에 쓰러진 벼들과 산사태가 매스컴을 장식하곤 했다. 해수면의 기온상승 때문인지는 모르겠으나 근래에는 태풍이 다른 나라 쪽으로 비켜 가는 일이 많아 한동안 큰 피해는 면했지만 어떻든 6월부터 9월 말까지는 장마의 계절이다.

구성진 첼로 소리에 잠깐 숨을 고르던 비가 돌아서는 연인의 눈물처럼 다시 내리기 시작한다. 비는 계속해서 내리고 질척이는 진창길을 걸어 포로수용소에 들어가던 유대인들의 모습이 첼로 소리에 겹쳐 나타난다. 수용소에 갇힌 유대인처럼 열흘 동안의 비에 갇힌 나는 류머티즘의 포로가 되어 첼로의 흐느끼는 듯한 구성진 소리 속으로 기어든다. 위로의 음악도 없이 몸으로 견딘 어머님의 기도가 순간 찌리릿 아픔으로 다가온다.

비에 잠긴 풀들의 기도가 간절하다. 검은 구름 너머의 햇살을 향한 그들의 간절함이 나와 맞닿아있다. 속죄의 열흘이 다하고 잿빛 하늘이 걷히는 날까지 비는 계속 이어지려나 보다. '슬픔이 웃음보다 나음은 얼굴에 근심하는 것이 마음에 유익하기 때문이니라.'라고 성경에도(전도서 7:3) 쓰여있듯 통증에 갇혀 가슴 밑바닥을 훑고 다니다 보면 뜻밖에 몰입의 상태로 빠져들며 사리 하나 건져 올릴 때도 있다. 어느 정도 익숙해진 이 몹쓸 녀석들은 이제는 오래도록 복용한 약 부작용의 이름표를 달고 불쑥불쑥 나타나지만 이제 이들을 무시하며 실실 웃을 수 있는 배포도 키웠다. 사랑하는 사람에게 시련도 주신다고 했으니 어쩌면 이런 모습이 주님의 특별한 사랑 방법이 아닐까. 계속해서 내리던 비가 그치면 아르페지오로 평온을 찾아가는 부르흐의 마지막 선율처럼 나도 햇살의 기쁨을 노래하며 바쁜 일상으로 돌아갈 수 있으리라.

피하고 볼 일

＊

수지에 살다가 남편이 간암 수술을 하고 난 후 양평으로 내려왔다. 낮은 돌로 경계가 돼 있던 울타리를 하얗고 키가 낮은 펜스로 바꾸었다. 텃밭이 정원 끝의 왼쪽으로 붙어있어 밖에서 보면 펜스가 꽤 긴 편이다. 그런데 가끔 외출에서 돌아오면 새로 만든 펜스가 끝이 부러져 나가고 상하는 일이 생겼다. 그러던 어느 날 드디어 사단이 일어나고 말았다.

우리 집은 기존 마을의 끝자락으로 우리집부터 산 밑까지는 서울에서 온 사람들이 드문드문 집을 지어 마을에서는 윗동네 사람들이라고 부른다. 집 앞에서 산 밑까지는 좁은 시골길로 포장되어있고 열 집 가까운 집들이 들어서 있다. 남편과 나는 거의 매일 뒷산으로 등산하러 다녔는데 아랫동네 사람들은 봄나물을 뜯으러 갈 때 외에는 아무도 올라가는 사람이 없기에 그 산은 원시림처럼 자연 그대로의 모습을 간직하고 있었다.

우리는 작은 접이식 톱 등을 배낭에 넣어 다니면서 길 없는 곳에 등산로를 만들어 가며 산을 오르내렸다. 우리 집 위로 열 집 가까운 집들이 있었지만 서울에 살면서 주말에만 오는 집들이 더 많다. 교수 몇 분이 집을 짓다 보니 연줄연줄 내려와서 윗마을은 교수 마을이 되었다. 가끔은 새로운 집을 짓느라 자재를 운반하는 트럭들이 다니곤 하는데 그들은 시골길을 다니면서도 속도를 늦추지 않고 험하게 차를 몰아, 새로 설치한 펜스의 꼭지 부분이 떨어져 나가곤 했다. 이상하게도 우리가 집에 없을 때만 그런 일이 벌어지다 보니 우리는 조금 약이 올라 있었다.

어느 날 이른 아침인데 쿵 하는 소리와 함께 뭔가가 떨어져 나가는 소리가 들렸다. 남편이 부리나케 나가더니 곧바로 큰 소리가 들려왔다. 무슨 일인가 하고 나가 보니 설비하는 짐을 실은 자그만 트럭이 있고 펜스의 장식용 꼭지 부분과 몸체가 적지 않게 찌그러져 있었다. 이제까지 현장을 못 잡아 속을 앓던 터라 남편은 다짜고짜로 언성을 높였다. 마치 너 잘 만났다는 식이었다. 사고를 낸 사람은 미안하다며 연신 머리를 조아리는데도 남편은 듣지도 않고 계속 화를 내고 있었다.

산 밑에서 우리 집까지는 완만한 내리막길인 데다 우리 집 정원이 조금 둥글게 휘어져 있으므로 속도를 줄이지 않으면 펜스를 들이받기 쉬웠다. 화를 내는 남편을 보며 좀 무안하기도 하고 미안하기도 하여 말렸지만, 화가 난 남편은 이렇게 사고를 내고도 우리가 나와 보지 않았으면 그대로 모른 체하고 가버렸을 것 아니냐며 막무가내였다. 평소 같으면 다친 데는 없냐며 먼저 사람을 살피던 남편인데 이날은 조금 달랐다.

나는 아침부터 그렇게 화내는 걸 보면서 좀 너무하다 싶었다. 그 일은 찌그러지고 떨어져 나간 부분을 새것으로 교체해주기로 합의를 보고 명함을 받은 후에야 끝이 났다. 내가 보기에도 많은 부분이 좀 심하게 찌그러져 있었지만 그렇다고 그렇게 수직으로 상승하듯 화를 낼 필요는 없지 않았느냐며 은근히 나무랐다. 성이 가라앉자 남편도 잘못된 일이었음을 바로 인정했다.

며칠 후, 마을에 무슨 일이 있으니 주민들은 다 모이라는 이장의 방송이 나왔다. 처음에는 TV에서 보던 전원일기와 같은 일이 여기서도 일어나는 것이 신기하기도 하고 우습기도 하였지만, 사람들과 얼굴도 익힐겸 방송이 나오면 부지런히 참석할 때였다. 그날도 방송을 듣고 마을회관에 갔는데 사고를 냈던 그 사람이 떡하니 앉아있는 것이 아닌가. 알고 보니 오래전에 산 밑 개울 건너편으로 집을 지어 이사 온 사람이란다. 얼마나 황당하고 미안했던지 그날은 미안했노라 곧 사과했다. 서울근교에서 설비와 관계된 사업을 하는 분으로 그날도 안개 낀 이른 아침인데도 급한 일이 있어 트럭을 몰고 속도를 낸 것이 문제였다.

때로 사소한 일로 분노할 때가 있다. 아무리 화가 나도 상대방의 말을 끝까지 들어봐야 하는데 그러지 못하여 후회하곤 한다. 대부분이 순간의 분을 참지 못하여 일어나는 일이다. 분노란 끓어오르는 화를 참지 못하고 성을 낸다는 뜻이다. 잠시만 숨을 고르고 한 발짝만 뒤로 물러서서 보면 될 일을, 한순간의 분노로 평생 후회할 일을 한다. 벌써 십 년 전의 일이지만 요즘도 그 일을 생각하면 마음이 편치 않다. 화를 내는 일은, 더욱이 일시에 화를 토하는 분노는 피하고 볼 일이다.

사랑의 눈빛으로

- 『꽃들에게 희망을』을 읽고

노란색의 얇은 책자를 보면서 동화책인가 하는 호기심으로 책장을 넘기다 단숨에 읽어버렸다. 책장을 덮고 며칠이 지나도록 책의 내용이 어른거리며 떠나지 않기에 다시 책장을 넘긴다. 애벌레를 통하여 삶을 빗댄 말들이 짤막한 한 문장으로 다가오며 공감을 일으킨다. 오래도록 명작으로 남게 되는 책에는 다 그럴만한 이유가 있음을 상기시켜 주는 책이다.

저자인 트리나 폴러스는 아동 문학가이며 조각가. 시민운동가로서 국제 여성운동 단체인 그레일 회원으로 14년 동안 공동 농장에서 일하면서 공동체 생활을 유지하기 위해 뉴욕에서 조각품을 만들어 팔았다. 이집트의 아흐밈에 여성 자수협동조합을 설립하는 일을 도왔고 아들 하나를 키우며 콜로라도의 산에서 영구 경작법을 배우면서 6개월을 보내기도 했다. 지금은 뉴저지주에 있는 집에서 유기농법으로 재배하는 식품을 개발하는 환경 센터를 소규모로 운영하며 황제 나비를 키우고 있다.

1972년 출간된 이후 40년이 지난 현재까지 200만 부가 팔리며 베스트셀러가 되어 있다. 이 책을 쓰게 된 이유는 참된 자신이 되고자 애쓴 한 애벌레의 일생을 통하여 자신과 우리 모두의 이야기를 그렸다고 한다.

알에서 깨어난 줄무늬애벌레는 먹이를 먹다가 삶에는 그냥 먹기만 하며 자라는 삶보다 더 나은 생활이 분명 있을 거란 생각을 하며 그런 삶을 찾던 중에 애벌레들이 모두 한 방향으로 가고 있는 것을 본다. 그것은 무작정 남들을 따라 기어오르고 있는 애벌레 기둥이었다. 줄무늬애벌레도 그 끝에는 무언가 굉장히 좋은 것이 있을 거라는 마음으로 동참한다. 다른 애벌레를 무수히 밟으며 기어오르던 중 노랑 애벌레를 만나 사랑을 하게 되고 둘은 그 기둥에서 내려와 꿈같은 세월을 보낸다.

그러나 기둥 끝에 있을지 모르는 비밀을 꼭 찾고 말겠다는 유혹을 뿌리치지 못한 줄무늬애벌레는 노랑 애벌레를 떠나 다시 기둥을 오른다. 노랑 애벌레는 어떤 확신도 없이 행동하기보다는 기다리는 편이 낫다고 생각하며 따라나서지 않는다.

노랑 애벌레는 늙은 고치를 만나게 되고 그에게서 나비에 대한 놀라운 이야기를 듣는다. "제발 말씀해 주세요, 나비가 무엇인가요?" "그것은 네가 앞으로 될 그 무엇이란다. 아름다운 두 날개로 날아다니고 하늘과 땅을 이어주며 꽃의 달콤한 이슬을 마시고 이 꽃에서 저 꽃으로 사랑의 씨앗을 전해주기도 하지." "나비가 되고 싶으면 어떻게 해야 하나요, 죽는다는 것을 말씀하시나요?"

"애벌레이기를 포기할 만큼 날기를 원하는 마음이 간절해야 해, 결코

다시는 애벌레의 삶으로 돌아갈 수 없으니까, 커다란 도약을 하는 셈이지, 변화가 일어나는 동안 누구든 언뜻 보기에는 아무런 변화도 없는 것 같지만 이미 나비는 만들어지고 있는 거란다. 시간이 조금 걸릴 따름이지." "그리고 또 있지. 일단 네가 한 마리의 나비가 되면 너는 새로운 생명을 탄생시키는 참된 사랑을 나눌 수 있단다. 네가 나비가 되면 날아다닐 수 있고 그에게 나비가 얼마나 아름다운 것인지를 보여 줄 수 있지. 그러면 그 또한 나비가 되고 싶어 할 거야. 너는 아름다운 나비가 될 수 있어. 우리 모두 널 기다리겠어."

노랑 애벌레는 나비가 되는 모험을 하기로 하고 애벌레와는 전혀 다른 고치가 되는 모험을 거쳐 드디어 나비가 된다. 줄무늬애벌레는 기어오르는 동안 누군가를 해치지 않고서는 더 높이 오를 수 없다는 것과 꼭대기에는 정말 아무것도 없다는 사실을 깨닫는다. 뿐만아니라 노랑 애벌레가 나비가 되어 날면서 자기의 눈을 바라보며 간곡히 하는 말을 듣는다. "너는 아름다운 나비가 될 수 있어. 널 기다리겠어." 노랑 애벌레의 이야기에 자기 안에도 나비가 있을 수 있다는 희망을 품게 된다.

남을 짓밟아 가면서 남이 오르니까 욕심을 내어 따라 오르고 있는 다른 애벌레들에게 꼭대기에는 아무것도 없다고 큰 소리로 말을 해주지만 아무도 그의 말을 믿지 않는다. 오히려 되지도 않을 엉뚱한 꿈을 꾸고 있다면서 "왜 넌 그따위 얘기를 그리 쉽게 믿는 거지? 우리들의 모습을 봐, 우리는 결코 나비가 될 수 없어. 최선을 다해 애벌레로서의 삶을 누리는 거야!" 하면서 좀체 믿으려 하지 않는다. 줄무늬애벌레도 포기해야 하나

하고 두려움을 느끼지만, 노랑 나비는 그에게 빛나는 날개로 쓰다듬고 사랑의 눈빛으로 용기를 주며 기다린다. "너는 알고 있었지? 기다림이 '용기'라는 걸." 그러던 어느 날 줄무늬도 드디어 나비가 된다.

기둥 위에 무엇이 있는지도 모르면서 남들이 가니까 무작정 따라 한 방향으로 기어 올라가는 애벌레들을 보며 사무엘 바게트의 『고도를 기다리며』가 생각났다. 고도가 무엇인지, 올지, 안 올지도 모르면서 매일 같은 장소에서 아무 생각도 없이 무작정 기다리는 블라디미르와 에스트라공을 보는 것 같았다. 지금도 일상의 끝이 무엇인지도 모르며 그 일이 마치 존재 이유인 것처럼 전력을 다해 달려가는 현대인들, 나 자신, 우리 부모들의 모습을 보게 된다. 노랑 애벌레는 애벌레이기를 포기하고 죽은 것처럼 보이는 고치이기를 택하였기에 애벌레로서는 상상도 할 수 없는 나비가 되는 도약을 할 수 있었다. 이 꽃에서 저 꽃으로 사랑의 씨앗을 전해주어 이 세상에서 꽃들이 사라지지 않게 하는 참사랑을 나눌 수 있게 되고 남들에게도 희망을 안겨준다.

『꽃들에게 희망을』은 기다리는 것도 용기라고 말한다. 참된 자신이 되고자 원한다면 내가 원하는 것이 무엇이든 그것이 되기를 간절히 원하고 자기 안에 그것이 될 자질이 숨어있다고 믿는다면 누구든 원하는 것이 될 수 있다는 기쁨과 희망을 안겨준다. 그리고 이러한 모든 것을 가능케 하는 것은 사랑임을 말하고 있다. 축구를 보면 공을 넣는 공격수 뒤에는 최선을 다하여 공을 적소에 보내주는 중요한 미드필더가 있음을 본다. 애벌레에게도 나비에 관한 믿음을 갖도록 용기를 준 늙은 고치가 있었다. 나도 애벌레에게 나비가 되는 믿음을 갖도록 도와준 늙은 고치 같은 존재가 되었으면 좋겠다.

참된 자신이 되고자 원한다면 내가 원하는 것이 무엇이든 그
것이 되기를 간절히 원하고 자기 안에 그것이 될 자질이 숨어
있다고 믿는다면 누구든 원하는 것이 될 수 있다는 기쁨과
희망을 안겨준다. 그리고 이러한 모든 것을 가능케 하는 것
은 사랑임을 말하고 있다.

- 「사랑의 눈빛으로」 중에서

작품 해설

무의식 중심부분의 '자아' 찾기

지연희 | 전 한국수필가협회 이사장

무의식 중심부분의 '자아' 찾기

지연희 | 전 한국수필가협회 이사장

세계적인 분석심리학자인 카를 융(Carl Gustav Jung)은 80세가 넘어 인생 전체를 돌아보면서 자신의 일생을 한 마디로 규정했다. '나의 생애는 무의식의 자기실현의 역사다.'라는 것이다. 융의 자서전을 번역한 조성기 작가는 자기실현은 '자아'가 무의식 밑바닥 중심 부분에 있는 '자기'를 진지하게 들여다보고 그 소리를 듣고 그 지시를 받아나가는 과정을 가리키는 일이라고 했다. 수필문학은 바로 이와 같이 자기를 들여다보고 좀 더 명증하게 자아를 발견하는 문학이다. 온전한 자신의 삶과 나아가 인류의 존재적 의도를 내다보게 되는 수필문학의 특성은 그만큼 진중한 문학 장르라는 생각이다. 간혹 나는 문단에는 다양한 문학 장르가 많지만 시와 수필장르를 꽃과 나무의 뿌리에 비유하여 분석하고 있다. 시는 아름다운 결실의 상징적 가치를 꽃으로 피워내고, 수필은 나무의 기둥이며 가지와 잎으로 공급하는 자양분을 저 깊은 땅속에서 끌어올리는 뿌리라고 믿는다. 꽃을 피워내기 위해 혼신을 다하여 집중하는 나무처럼 무의식 중심부분에 있는 '자기'를 진지하게 들여다보는 사유의 세계가 수필문학이다.

명향기는 수필가이다. 오늘 첫 번째 수필집을 출간하기 위해 45편의 수필을 모아 '간격의 미'라는 공간미학의 아름다운 제호로 문패를 단 수필집은 많은 독자들의 시선을 모을 것이라는 예감을 하게 한다. 이름 자에 향기를 안고 있어서인지 편 편의 수필이 감동적 언술로 의미를 다듬고 있어 좋은 수필의 본보기를 보여주고 있다. 좋은 글을 쓴다는 일은 얼마나 축복된 일인지 모른다. 작가(표현론적 관점)와 독자(효용론적 관점)가 서로 손을 잡고 마음 가운데에 꽃을 피워내듯 행복해 지는 것이다. 튼실한 문장력은 작가의 내공이 얼마나 완고한가를 가늠하게 한다. 2015년 사단법인 한국수필가협회 기관지 계간『한국수필』신인문학상 수필부문에 당선된 이후 꾸준한 문학수업의 흔적이어서 더욱 기대하게 한다.

꽃에도 간격이 있다. 틈 없이 꽃과 꽃이 맞닿으며 하나로 보일 때 꽃의 아름다움은 극에 달한다. 나무에서 피는 봄꽃들은 대부분 수억만 송이가 한꺼번에 활짝 피어 아름답기 그지없다. 하나하나를 보면 작고 연약한 꽃들이지만 꽃잎과 꽃잎이 서로를 당기며 한 송이 꽃을 이루고 꽃잎과 꽃잎이 포개지며 서로를 기댈 때 더 화려하고 생기 있게 보인다. 이렇게 작은 꽃들은 무더기로 한꺼번에 만개하는 지혜를 발함으로써 자기의 매력을 최대한으로 발산한다. 그 속에서 회백색이나 자색을 지니고 커다란 꽃송이를 달고 있는 목련은 높은 나뭇가지에서 또 다른 간격을 유지하며 나름의 아름다움을 내비친다.

벚나무 아래에 서 보았다. 뿌리가 깊어 수많은 가지에 매단 꽃들이 틈 없이 총총히 무리 지어 보여도 가까이서 들여다보면 거기에는 적당한 간격을 유지하며 서로를 침범하지 않으려는 노력이 숨어있다. 틈 없이 송이가 포개어져 있다면 오래지 않아 서로 닿아있는 부분이 짓무르기 시작할 것이다. 바람이 통하지 않으니 상하는 것은 당연한 일이다. 서로의 일조권을 방해하지 않으려는 마음 사이사이로 바람이 들락거리고 벌들이 날아다닌다.

포개어지면 상한다는 것은 꽃에게만 적용되는 말이 아니다. 사람에게도 간격이 필요하다. 서로 적당한 간격을 유지하며 어우러져 살아갈 때 살아있다는 존재감과 함께 평안함이 유지된다.

- 수필「간격의 미」 중에서

'결'을 사전에서 찾아보면 '나무나 돌, 살갗 등에서 조직의 굳고 무른 부분이 모여 일정하게 켜를 지으면서 파인 바탕의 상태나 무늬'라고 쓰여 있다. 그렇다면 나무의 나이테도 결이 될 수 있고 우리들의 주름도 결이라 할 수 있을 것이다. 우리 고유의 말 중에는 참으로 많은 결들이 있다. 나뭇결, 물결, 살결, 머릿결, 눈결, 마음결 등등. 모두가 참 따뜻한 느낌을 주는 말들이다. 결이란 오랫동안 일정하게 한 방향으로 지나는 동안 쌓여서 생기는 것이지 결코 하루아침에 생겨나는 것은 아니라고 본다.

내가 지금까지 살아오는 동안 만들어가고 있는 내 삶의 결은 어떤 모양일까. 삶의 모양을 따라 만들어졌고 지금도 만들어가고 있는 나의 결이 갑자기 들여다보고 싶어졌다. 살아온 세월을 둘러보니 따뜻

한 결을 가질 만한 세월보다는 거칠고 투박한 세월이 더 많았다. 내
면을 가꾸기보다는 사는 데 급급하여 나를 잊고 사는 날의 연속이었
다. 기복도 많았고 어렵고 힘든 일도 많았으나 신을 믿는 사람으로
그분으로부터 위로받으며 소망을 두고 살았다. 누구에게나 견딜 수
있는 만큼의 시련을 주신다는 그의 약속을 믿음으로 주어진 대로 순
응하며 살았기에 결이 그리 밉지 않으리라 자위해 본다.

- 수필 「결에 대하여」중에서

　사람처럼 나무도 일정한 간격을 두고 뿌리를 내리며, 가지를 뻗는가
하면 적정한 높이로 서로의 간격을 배려하며 산다. 숲에 들어 보면 모두
가 똑같은 키에 똑같은 자세로 서 있지 않다는 삶의 형태적 질서를 발견
하게 된다. 곁의 너에게 기대지 않는 그들만의 배려를 확인할 수 있다. 하
물며 사람의 관계에서도 남편과 아내가 서로의 밀착된 일상에서 반쪽의
객체가 요구하는 자유를 이해하는 시대가 되었다. 아내를 자신의 곁에
두어야만 마음이 편했던 남편이 변화를 선택하기까지는 쉽지 않은 갈등
이 필요했을 것이다. 수필 「간격의 미」에서 독자에게 제시하는 메시지는
'모든 존재의 가치는 간격의 아름다움'에서 그 가치를 발견하게 된다는
요지이다. 벚나무 아래 수많은 가지에 매단 꽃들이 총총히 무리 지어 보
여도 가까이서 들여다보면 적당한 간격을 유지하며 서로를 침범하지 않
으려는 노력이 숨어있고, 틈 없이 송이가 포개어져 있다면 오래지 않아
서로 닿아있는 부분이 짓무르게 된다는 것이다. 꽃잎뿐 아니라 사람도
적당한 간격을 유지할 때 상처를 만들지 않는 것이 삶의 이치이다. 자신
의 곁에만 있어 주기를 원하던 남편이 아내의 개인적인 삶의 패턴을 이

해하고 적극 지지해 주는 사람으로 변했다. '간격의 미'는 사랑하는 대상들 사이에서 나눌 수 있는 아름다운 여유일 것이기 때문이다.

수필 「결에 대하여」를 감상하다가 보다 진중하게 명향기 수필문학의 총체적메시지는 무엇인지 생각했다. 잠잠한 시선으로 멈춰 서서 참으로 결 고운 문장의 향기로 삶의 결을 풀어놓고 있는 까닭에서이다. '비단결' 같은 문장의 결을 지닌 깊은 사유의 세계가 파노라마처럼 생각의 벽에 투사되어 한 편 한 편 질서를 만들고 있는 것이 명향기의 수필이다. 한 권의 수필집에 담긴 수많은 의미들의 '결'이 명향기 수필의 문학성을 곧게 세우고 있다. 작가가 손수 언급했듯이 나무나 돌의 살갗 등에서 조직의 굳고 무른 부분이 모여 일정하게 켜를 지으면서 파인 바탕의 상태나 무늬가 결이 된다고 했다. 나뭇결, 물결, 살결, 머릿결, 눈결, 마음결 등 모두가 따뜻한 느낌을 주는 말들이다. 명향기 수필은 그 같은 따뜻한 마음의 결로 연속된 수필가임에 분명하다. 나무의 나이테도 결이 되고 사람들의 얼굴에 패인 주름도 결이라 인식할 수 있다는 사실을 이 수필은 말하고 있다. 결국 결의 바탕은 오랜 시간의 침묵으로 쌓인 인고의 흔적임을 제시하고 있다.

60년 만의 슈퍼 문이라며 매스컴에서 떠들던 어제는 그저 좀 큰가 보다 하며 별 감흥이 없었는데 새벽 2시에 일어나 거실에 나와 보니 거실이 온통 환하니 무언가 신비로운 느낌이 서린다. 창밖을 보니 달빛이 주변을 환하게 비추고 있었다. 나는 무심결에 가운도 걸치지 않은 채로 무언가에 홀린 듯이 밖으로 나왔다.

뜰 위로 잔잔한 은빛 물결이 출렁이고 있었다. 그랬다. 은빛 세상이었다. 커다란 둥근달이 아래를 보며 은빛 가루를 뿌리고 있고 사방은 밤이 아닌 듯 밝은 회색빛으로 드러나 있었다. 바람 한 점 없는 조용한 달빛 세상에 낙엽을 밟는 내 발걸음 소리만 바스락거린다. 하늘도 땅도 모두가 운무에 쌓인 듯 은은하고 맑은 회색인데 나무들만 어두운 색을 띠고 무심히 서 있다. 맑고 투명한 달빛 세상에서 나는 반쯤 몽롱한 상태가 되어 하늘을 올려다보았다. 정말 밝고도 커다란 달이 하늘에서 온몸을 반사하고 있었다.

– 수필 「달빛 그림자」 중에서

소나무를 쪼아대는 딱따구리 소리에 끌려 밖으로 나왔다가 봉긋이 올라온 붉은 흙더미를 보았다. 그것은 마치 오븐에서 구워지는 쿠키처럼 부풀어 오른 채 갈라져 있었다. 갈라진 틈 사이로 데워진 공기가 풍선처럼 탱탱하다. 손가락으로 흙을 살짝 무너뜨렸다. 조그만 무엇이 꿈틀대리라 기대했는데 놀랍게도 손톱만큼 작은 연둣빛 새싹이 실눈을 뜬 채 나를 쳐다보고 있는 게 아닌가. 순간 저 스스로 알아서 세상 밖으로 나올 시기를 재고 있다가 성급한 나의 행동에 무척 당황했으리란 생각이 들어 얼른 흙을 덮어 주었다. 며칠간 불어오던 따뜻한 남풍이 까치발을 하고 기다리는 새싹들의 등을 힘주어 밀어 올리나 보다. 봄의 소리가 들리기 시작하면 돋아나는 싱그러운 생명을 보며 새로운 꿈을 꾼다. 설레는 마음으로 다가오는 내일을 향한 희망을 말한다.

여기저기 삭은 낙엽 밑에서도 촉촉한 봄이 하얀 입김을 내뱉으며 숨 쉬고 있다. 여린 싹들이 키 재기하며 눈만 내놓고 밖의 동정을 살피고 있고 바로 옆 백합 자리에도 동그랗고 조그만 새끼 알뿌리들이 올망졸망 올라오는 모습이 보인다. 이들의 집요하고 강한 생명력은 어디서 오는 것일까? 얼어붙은 땅속에서 숨죽이며 기다렸을 그들의 긴 여정이 눈물겹다. 땅속 깊은 곳에서 때맞추어 기지개 켜는 자연의 모습은 언제 보아도 경이롭고 신비하다.

– 수필 「봄의 소리」 중에서

　많은 시인, 수필가 혹은 다양한 장르의 문인들이 달빛예찬의 글을 써서 발표하였다. 어둠을 밝히는 절대적 존재로 '달빛'은 빛의 고요를 감성의 깊이로 통찰하고 고적한 달빛의 풍경을 몽상적으로 묘사했다. 오늘 명향기 수필이 조명해 내는 수필 「달빛 그림자」는 60년 만에 찾아온 슈퍼문의 방문을 감성적 지각을 빌어 빛의 정서를 빈틈없이 풀어내고 있다. '사방은 밤이 아닌 듯 밝은 회색빛으로 드러나 있었다. 바람 한 점 없는 조용한 달빛 세상에 낙엽을 밟는 내 발걸음 소리만 바스락거린다.'는 새벽 2시에 그려내는 작가의 달빛소묘는 신비의 세계를 여는 동화 속의 그림이다. 나아가 대낮 빛처럼 밝혀주는 달빛은 달빛정원의 무대 위에 홀로선 모노드라마의 주인공을 서치라이트로 클로즈업시키는 장면을 연상하게 한다. 낙엽을 밟기도 하고 하늘을 보거나 느티나무가지 그림자와 조우하기도 하는 정원의 연극무대는 둥근 달이 뿌려주는 은빛가루의 신비로 환상의 절정을 보여주었다. 혼자서 손을 들어가며 그림자놀이에 여념이 없던 연극 한 편의 모노드라마는 시간의 흐름을 잊게 한다. 가을을 배경으로 한 '달빛과 그림자'의 대화는 신비롭고 맑은 순수의 세상을 연출해 냈다.

　수필 「봄의 소리」를 감상했다. 수필 봄의 소리는 새 생명이 지상으로 돋아 올리는 꿈틀거림을 동반한 연록의 생명 탄생을 소리로 듣는 일이다. 마른 흙을 비집고 연둣빛 새싹들이 다투어 봄을 일으키는 신비를 소리로 마중하는 일이다. '봄의 소리가 들리기 시작하고 돋아나는 싱그러운 생명을 보며 나는 새로운 꿈'을 꾸게 된다고 이 수필은 희망에 부풀게 한다. 부풀어 오른 흙더미 속에서도 삭은 낙엽 밑에서도 봄은 하얀 입김을 내뱉으며 육상경기의 주자처럼 다투어 달려오는 모양을 세밀하게 묘사하고 있다. 이들의 숨소리는 마치 필사의 경주처럼 혼신을 다한 집념의 의지로 세상에 발을 딛고 있음을 작가는 새삼 인식하려 한다. 백합의 둥그렇고 조그마한 알뿌리들이 얼어붙은 땅속에서 숨죽이고 있다가 새싹을 틔우는 모습은 경이로운 일이다. 생명의 끈질긴 강인함이 보여주는 자연의 질서라는 것이다. 작은 씨앗들이 눈물겨운 동토의 땅속에서 숨죽여 견디었을 여정이 있어 저 봄은 아름답게 꽃향기를 피울 수 있다는 사실을 새로운 시각으로 그려내 주었다.

　　각별했던 스승의 부음을 듣고 서울대병원 장례식장으로 달려갔다. 올라가는 길에 만난 바람은 낙엽을 머나먼 곳으로 날려 보낸다. 멀어지는 나뭇잎을 보며 장례식장 안으로 들어갔다. "자네 왔는가?" 하며 웃으시는 모습 앞에 하얀 국화 한 송이를 내려놓으며 은사님이 평소 늘 믿으시던 하나님께 영혼을 부탁드렸다. 장례식장은 떠나는 자와 보내는 자가 마지막으로 인사하는 자리이다. 육신을 버리고 돌아가는 결별의 장소이며 남겨진 자들이 서로 보듬으며 애틋한 마음을 나누는 위로의 장소이기도 하다.

　　장례식장은 무언가 빠진 듯 허전하고 냉랭했다. 검은 액자 속에서 마른 잎사귀처럼 여윈 얼굴 하나가 편안하고 푸근한 미소를 짓고 있을 뿐이다. 식솔을 두고 홀로 남하하여 끝까지 가정을 꾸리지 않았기에 자손이 없는 장례식장에는 낯선 조카 한 사람이 상주로 나와 조문객을 맞고 있었다. 모르는 상주와 모르는 객은 어딘지 어색했다. 영정사진만이 친숙한 얼굴일 뿐 상주 쪽 누구와도 말을 섞을 사람이 없었다. 가까이에 살면서 오랫동안 살림을 거들던 분이 그나마 낯익은 얼굴이었다.

– 수필 「사랑 한 짐을 싣는다」 중에서

감을 한 입 베어 문다. 그리고 작년에 사 두었던 크리스마스 초에 불을 댕긴다. 어두웠던 실내가 은은한 빛으로 환해지며 기분을 한층 차분하게 만든다. 결혼한 지 45년, 참 많은 세월을 살았다. 그러고 보면 부모와 산 것은 성장 과정만 살았을 뿐이고 부부의 연을 맺고 사는 게 진정한 삶의 모습이라는 생각이 든다. 부부로 산다는 것은 기름과 불이 심지라는 매개체를 통하여 어우러지며 촛농이 다하여 사그라질 때까지 하나의 빛을 내는 촛불과 같다.

기름에 불을 붙이면 모든 게 타서 없어지며 화를 입게 되겠지만 기름과 불처럼 전혀 서로의 문화가 다르고 생활 습성이 다른 남남이 만나 오랫동안 아니 평생을 해로한다는 것은 신기함을 떠나 기적이라고도 말할 수 있다. 성질이 다른 기름과 불이지만 그 가운데에 사랑이라는 심지가 박혀있기에 서로를 태우면서 자식도 키워내고 주변에 불을 밝히면서 살아가는 것이다. 심지가 없다면 초는 초가 될 수 없고 촛불이 타다가도 심지에서 불이 꺼지면 그 또한 촛불이 될 수 없다. 심지에 불이 타고 있을 때 주변이 환해지고 분위기도 좋아지며 집안이 평안해지는 것이다.

– 수필 「촛불」 중에서

生과 死의 과정은 생명의 호흡을 지닌 모든 피조물이라면 피할 수 없는 통과의례이다. 까닭에 생명 탄생은 그 탄생의 시작으로부터 죽음을 동반하는 일이라고 한다. 각별한 스승의 부음을 듣고 장례식장으로 달려간 작가의 시선은 마주한 영정사진을 보며 쓸쓸하고 허전한 장례식장의 분위기를 담고 있다고 안타까워한다. 이와 같은 심경은 작가가 독자에게 전달하려는 이 수필의 메시지이다. 평생 남모르는 봉사와 헌신으로 살아오신 스승의 삶의 내력을 짚어내며 자손이 없는 쓸쓸한 장례를 측은지심으로 바라본다. '장례식장은 무언가 빠진 듯 허전하고 냉랭했다. 검은 액자 속에서 마른 잎사귀처럼 여윈 얼굴 하나가 편안하고 푸근한 미소를 짓고 있을 뿐이다.' 식솔을 두고 홀로 남하하여 끝내 가정을 꾸리지 않고 살아온 스승의 슬하에는 자식이 없어 낯선 조카 한 사람이 낯설게 조문객을 맞이하고 있었다고 한다. 장례식장은 삶이라는 생동감 속에서 어떤 이유에서건 호흡이 멈추어진 존재들의 육신을 땅에 묻기 전 이생의 인연들과 마지막 인사를 나누는 공간이다. 영원한 안식을 기원하며 영원한 이별의 의식을 베푸는 의례라고 할 수 있다. 혈손을 잇지 못한 사람의 외롭고 쓸쓸한 생의 종말을 수필 「사랑 한 짐을 싣는다」는 서술하고 있다. 마른 체구지만 편안한 얼굴의 영정사진과는 달리 장례식장은 마지막 날까지 외롭고 쓸쓸했다고 한다. 홀로 떠나는 스승을 저세상에 보내드리며 '사랑 한 짐을 싣는' 제자의 훈훈한 사랑이 따뜻한 겨울 햇살처럼 스며든다.

수필 「촛불」은 영화 〈님아! 그 강을 건너지 마오〉를 감상하고 느낀 영화감상의 글이다. 젊은 남녀가 부부라는 인연을 맺고 희로애락을 겪으며 살아온 감동적 휴먼 스토리를 들려주고 있다. 꾸며지지 않은 일상의 편린들을 있는 그대로 화면에 담은 독립영화의 계보를 뚜렷이 세운 감동적 작품이다. 기름과 심지의 촛불로 부부라는 하나의 공동체로 엮여진 인연을 이어온 노부부의 사랑과 상처와 고단한 삶의 형태는 인간이 태어나고 살다 죽음에 이르는 자연한 질서를 사실적으로 매우 자연스럽게 대변하고 있다. 98세, 89세라는 나이로 71년이라는 세월을 살아오면서 촛불로 밝힌 이들의 삶의 형태는 자연한 몸짓으로 가감 없이 보여 주는 바람의 소리이다. 이 수필은 이 같은 원천적인 순수의 몸짓을 가장 진정성 있게 보여주는 본능에 충실하고 있다. 생명이 있는 존재들의 밟고 가는 발자국이다. '심지가 다하여 꺼져가는 불씨만 남은 이 영화에서 녹아내린 부부의 촛농을 볼 수 있었다. 서로가 하나로 융화되어 녹아내린 촛농은 오랜 세월 함께한 부부의 결정체이며 그 속엔 그들이 직조한 세월의 흔적이 녹아 있다. 두 개체가 만나 불꽃 속에서 연출하던 삶은 자식을 남기고 자연으로 돌아간다고 정의하고 있다. 생명이 시작되고부터 죽음에 이르기까지 피할 수 없는 인간의 숙명을 영화는 극사실주의 시각으로 보여주었다면, 감상수필은 섬세한 필치로 감성의 옷을 덧입혀 노부부의 일상을 촛불과 기름이라는 재료로 버무려 극명하게 표현하였다.

　　금방 눈이라도 퍼 부울 기세로 잔뜩 찌푸린 날씨다 . 털모자와 장갑으로 무장을 하고 두꺼운 외투를 걸친 채 집을 나섰다. 네거리를 건너 십여 분을 걸어 우물 입구에 도착했다. 그리고 아래를 내려다보며 에스컬레이터를 타고 내려가서 지갑을 열고 카드를 꺼내 우물 문을 연다. 하늘도 보이지 않고 햇볕도 들어오지 않는 곳이지만 그곳은 어둡지도 않을뿐더러 물도 없다. 마른 우물 속으로 스르르 더 미끄러져 내려가니 그곳엔 이미 많은 사람들이 들어와 있었다. 우물 속에는 여러 지류가 터널로 연결되어 있는데 어느 지류나 물은 나오지 않는다. 손을 더듬으며 금맥을 찾듯 사람들은 각자의 수로를 따라 자기가 타고 갈 터널 앞에 선다. 나도 오늘 하루 치의 배낭을 메고 터널 앞을 서성이다 전동차를 탔다.

전동차에 타고 무심한 얼굴을 한 사람들의 무리 속에서 나는 우물 속에서 홀로 앉아있는 나를 발견한다. 오카다가 밤을 지새우며 느끼던 냉기가 공기 속에서 파동으로 다가온다. 누구와도 눈을 마주치지 않고 나름의 방식으로 저마다 바쁜 인파들이. 미디어의 범람으로 모두가 똑똑해진 사람들 틈에서 가끔은 까닭 모를 외로움으로 가슴 시릴 때가 있다. 초라한 모습으로 껌 한 통을 들고 자비를 구하는 할머니가 다가온다. 모두가 외면하며 모른 체한다. 할머니의 눈을 보다가 커피 한 잔의 행복을 포기하니 할머니는 환하게 웃으며 몇 번이고 절을 하며 고마워한다. 나도 언제나 모른 체하며 외면하는 부류였지만 할머니께 내민 조그만 관심으로 커피보다 진한 행복을 느낀다.

– 수필 「우물 속의 나」 중에서

철 따라 순서대로 올라오는 꽃들은 내게 감탄과 신기함을 안겨 준다. 그런데 요사이에 뭔가 이상 증후가 나타나고 있다. 봄꽃이 피기 시작함과 동시에 여름 날씨가 다가와 봄꽃, 여름꽃이 한꺼번에 피고 지는 기이한 현상이다. 만개한 봄 위에 여름이 포개지고 있다. 자연은 오랜 기다림과 끈기를 가지고 자신이 설 자리에 섬으로써 제 모습을 간직하는 법인데 마음 바쁜 현대인을 닮아가는지 서둘러 피고 진다.

정원엔 수선화, 튤립, 모란, 작약, 자두꽃, 살구꽃 등 거의 모든 꽃이 함께 피고 지고 있다. 5월 말부터 6월 초에 가장 화려하던 우리 집이 4월 중순인데 벌써 온갖 꽃으로 화려한 모습을 하고 있다. 색깔별로 무리 지어 피는 튤립도 다 피고 백합도 손가락을 더듬으며 싹 틔울 준비를 한다.

싱가포르에서 금융 일을 하는 아들이 역으로 가는 경제 흐름으로 큰 어려움에 직면했다. 미국과 중국의 정세에 요동치는 증권계에도 이상징후가 나타나는 모양이다. 많은 회사와 사람들이 견디지 못하고 철수를 하지만 의연하게 대처하는 아들이 '설레임'을 닮아 믿음직해 보인다. 황야를 방황하는 모세가 믿음으로 어려움을 극복하며 국민을 이끈 것처럼 아들도 그의 믿음에 따라 이 길을 견디고 있다고 본다. 그러다 보면 지붕을 온통 붉게 물들이는 '설레임'처럼 진한 향기를 발할 날이 오리라. 어쩌면 봄을 포갠 여름이 아들에게는 붉은 장미를 빨리 터트리는 계기가 될 수도 있지 않을까.

– 수필 「잃어버린 봄과 나의 일상」 중에서

명향기의 수필을 감상하면 무궁한 상상의 날개를 어깨에 걸고 한정 없이 세상을 날아오르는 한 마리 새를 만나게 된다. 풍부한 작가적 상상력이 발휘되는 이상의 세계로 진입하는 것이다. '네거리를 건너 십여 분을 걸어 우물 입구에 도착했다. 그리고 아래를 내려다보며 에스컬레이터를 타고 내려가서 지갑을 열고 카드를 꺼내 우물 문을 연다. 하늘도 보이지 않고 햇볕도 들어오지 않는 곳이지만 그곳은 어둡지도 않을뿐더러 물도 없다. 마른 우물 속으로 스르르 더 미끄러져 내려가니 그곳엔 이미 많은 사람들이 들어와 있었다.' 수필 「우물 속의 나」 중 일부 인용문이다. 인용문이 제시하는 우물의 입구는 지하철을 타기 위해 지하로 진입하는 과정이며 에스컬레이터를 타고 내려가 지갑을 열고 카드를 꺼내 거대한 지하 동굴인 우물 속 전동차에 이르는 과정이다. '나도 오늘 하루 치의 배낭을 메고 터널 앞을 서성이다 전동차를 탔다.'는 의미가 성립되는 부분이다. 이 수필에서 우물은 폐쇄된 마른우물을 상징적 의미로 도입하고 있다. 일본 소설가 무라카미 하루키의 소설 『태엽 감는 새』에서 착안된 의미이다. 소설의 주인공인 우물에 갇힌 오카다의 자아성찰의 발견 과정을 모티브로 삼고 스스로를 들여다볼 수 있게 된다. 초라했던 자신을 들여다보며 상실감과 허무, 현실의 고뇌와 문제점들을 냉정한 눈으로 들여다보게 되며, 자신만의 특별한 자아가 있음을 찾아내고, 무엇과도 바꿀 수 없는 자기만의 특별한 존재의미가 있음을 비로소 깨닫게 된다는 소설이다. '지하철을 내려 우물 문을 열고 밖으로 나왔다.'는 작가의 성찰은 오카다의 우물 속 자아발견일 것이다. 가끔 우물 속을 들락거리며 미완성의 나를 담금질하는 -

　수필 「잃어버린 봄과 나의 일상」이다. 봄을 잃는다는 것은 파릇이 돋아 오르는 씨앗들이 대지를 뚫고 생명의 가치를 잃어버리는 현상을 말하고 있다. 생명의 힘을 상실하는 일과 다르지 않다. 그러나 이 수필의 의도는 계절이 질서를 잃어버리고 봄인가 싶다가도 어느새 여름이 다가선 듯 희미해져가는 계절의 경계를 짚어내고 있다. '정원엔 수선화, 튤립, 모란, 작약, 자두꽃, 살구꽃 등 거의 모든 꽃이 함께 피고 지고 있다. 5월 말부터 6월 초에 가장 화려하던 우리 집이 4월 중순인데 벌써 온갖 꽃으로 화려한 모습을 하고 있다. 색깔별로 무리 지어 피는 튤립도 다 피고 백합도 손가락을 더듬으며 싹 틔울 준비를 한다.'는 것이다. 성급한 여름 꽃이 봄날에 스며들어 제집 안방인 양 활개를 치는 모양새이다. 사계절이 뚜렷했던 우리나라는 한 겨울 삼한사온의 경계도 무너진지 오래다. 봄이 여름과 하나가 되고, 가을이 겨울과 손을 잡는 기후변화는 이미 예감하던 일이었다. 지구촌 온난화의 폐해가 가져다 준 이상기후의 현실을 이 수필은 극도로 변모하는 삶의 질서와 비유적으로 융합하고 있다.

  우리는 가끔 '체감 온도'라는 말을 한다. 피부로 느끼는 실제의 온도가 현재의 온도와 다르게 느껴질 때 하는 말이다. 그렇다면 시간에도 '체감 시간'이라는 말이 적용될 수 있지 않을까. 주어진 삶의 시간 중에서 지금 나는 어느 지점에 와 있는 걸까. 그동안 나만을 위한 시간을 얼마나 누리며 살아왔는가.

  젊은 나이에는 이것저것 따져 볼 여유도 없이 해결해야 할 많은 문제가 항상 누적되어있었다. 아이들도 잘 키워야 한다는 책임감으로 '시간'이 아닌 '사명감의 순간들'을 보냈다. 인생의 계절들을 하나씩 밟아가면서 삶에 질척거리지 않고 나를 찾기 위해 새로운 이정표를 만들어 가며 살고자 했다. 그렇게 만들어낸 새로운 시간은 나를 받쳐주며 지켜주었다. 나를 일으켜 세워주는 새로운 시간 속에서 희로애락도 나름 행복도 느끼며 주어진 인생의 굵직한 구비 구비를 살아왔다.

  삶 속에서 시간은 모두 증발해버리지만 그리움은 남는 법이기에 안개처럼 사라지는 시간 속에 지금 나는 어떤 그리움의 향기를 심으며 살고 있는지 궁금해지곤 한다. 지금 내가 느끼는 시간의 체감은 어떠한가. 만족한 시간의 흐름을 느끼며 빨리 가고 있는가, 아니면 느리게 가고 있는가. 눈앞에서 흐르는 강물이 어제의 강물이 아니듯이 앞으로 다시는 만날 수 없는 지금의 시간이 흐르고 있다. 지금, 이 시간을 몸으로 느끼며 우선 앞으로의 5년을 체감하며 살기로 했다.

— 수필 「체감 시간」 중에서

  처음 시골로 내려올 때만 해도 기대도 크고 하고 싶은 것도 많았다. 정원에는 잡풀 하나 보이지 않았고 갖가지 꽃들이 눈을 즐겁게 했다. 꽃들이 늘어날수록 도심에서 놀러 오는 사람을 위해 갖가지 정원용품과 그릇들도 풍성하게 장만했다. 땅에는 무어라도 심어야 하는 줄 알고 텃밭에는 쌈 채소며 오이, 가지, 고추, 토마토 등 빈 땅이 보이지 않을 만큼 욕심껏 심었다.

  처음엔 우리를 보러오는 많은 분에게 유기농 채소를 한껏 안겨 보내며 즐거워했다. 그런데 그게 아니었다. 모든 것이 익을 때는 한꺼번에 다 익어 누가 오지 않으면 미처 거둘 수도 없었다. 그렇다고 익어서 떨어지는 것을 그냥 못 본체 놔둘 수도 없어 우리는 매일 밖에서 해가 지도록 일하고 일했다. 그뿐인가. 정원에서 피는 꽃도 손이 가지 않으면 금세 토라져 티를 내곤 한다. 반기지 않는 잡초는 또 어떻고. 그래도 그때는 계절 따라 열리는 푸성귀와 예쁘게 피어나는 꽃들 보는 재미로 힘든 줄도 몰랐다.

— 수필 「비로소」 중에서

수필 「체감 시간」은 누구에게나 주어진 시간 속에서 삶은 다양한 모습으로 펼쳐지지만 마음으로 체감되는 시간 속 자신을 들여다보는 성찰의 모습이다. 인생은 시간 위에서 펼쳐지는 파노라마 같은 인생수첩이라 말할 수 있다. 그 수많은 순간순간의 시간 위를 밟고 지나는 과정에서 사람은 자신의 운명을 만들어 나간다. 시간을 소중히 사용하는 사람과 무료하게 흘려버리는 사람으로 구분되는 일이다. 명향기 수필은 시간을 황금 같은 가치로 아끼고 사랑하여 향기롭기를 꿈꾼다. '주어진 삶의 시간 중에서 지금 나는 어느 지점에 와 있는 걸까. 그동안 나만을 위한 시간을 얼마나 누리며 살아왔는가.'에 대한 반성과 새로운 설계를 통한 내일을 꿈꾸는 것이다. '체감 시간'이란 의미는 자신의 삶의 그래프를 설계하기 위한 성찰의 시간이다. '지금, 이 시간을 몸으로 느끼며 우선 앞으로의 5년을 체감하며 살기로 했다.'는 5년이라는 시간이 담고 있는 인생 설계는 몸으로 체감하여 느끼는 시간이다. 그 시간이 남길 흔적이 그리움으로 기억될 수 있는 향기로운 일을 위한 계획이다. 오늘보다 더 나은 내일을 향한 소중한 시간을 꿈꾸고 있다.

'비로소'라는 언어의 어감이 따뜻한 이유는 무엇일까. 어떤 일이 무엇 때문에, 어떠어떠한 이유로 해결되지 않다가 이제야 비로소 해결의 실마리를 찾게 되었다는 뜻이 된다. 수필 「비로소」는 귀농을 하여 밭작물에 욕심을 부리고 빈 땅이 없을 만큼 씨를 뿌리고 가꾸고 다듬는 일에 혼신을 다하곤 했다. 그러나 땀 흘려 노력한 만큼 결실의 풍요를 느끼게 되자 농사는 욕심으로 짓는 것이 아니라 적당히 필요한 만큼 수확하는 것이라는 지혜를 터득하게 된다는 것이다. 하루 종일 일하느라 정작 농촌 생활을 즐기기 위한 애초의 의도에서 벗어나 고단한 일상이 몸과 마음을 지치게 하고 말았던 것이다. 쉼 없이 풀을 뽑고 잔디를 깎고 꽃 작물도 손이 가지 않으면 풍성해지지 않는다는 이치를 깨달았던 것이다. '이젠 시골 사람이 다 되었는가 보다. 꽃이나 결실을 탐하기보다 흙냄새 자체를 즐길 줄 알게 되었다. 텃밭에도 욕심 부리지 않고 필요한 만큼만 심었다. 오랜 시간을 보내고 나서야 비로소 단순하게 사는 법을 터득한 것이다. 오늘도 조그만 바구니를 들고 텃밭에 가서 시금치 조금, 쌈 채소 조금, 호박 한 개를 따다가 조촐한 밥상을 차렸다.' 비로소 참다운 농촌생활의 행복이 느껴지는 수필이다. 단순한 삶에 자유와 여유가 있고 쉼이 있음을, 오랜 시간을 돌아와서야 비로소 깨달았다고 한다.

무궁한 침묵 속의 면벽기도처럼 명향기 수필은 촘촘한 사유의 깊이로 조망하는 생명 존재의 가치를 보여준다. 진중한 자세로 천착하는 삶의 깊이는 최선의 의미를 더하기 위해 시도하고 도약하고 있어 아름답다. 조용한 성품이 소리를 줄이고 의미를 낳는 다양한 이미지들로 임산부가 새 생명을 잉태하듯 풀어내고 있다. 수필문학도 이쯤의 문장으로 하나의 의미를 새로운 언어로 형상화 시켜낼 수 있다면 훌륭한 문학성 깃든 작품으로 발전해 나갈 수 있겠다는 바람이다. 이렇게 명향기 수필 읽기를 마무리한다. 첫 작품의 설렘이 적지 않으리라고 믿는다. 그러나 충분히 아름다운 글들이 많았다는 생각이다. 더 좋은 작품에 대한 기대를 모으며 펜을 놓는다.

가격의 미

명향기 수필집

명향기 수필집

가격의 미